太宰治の『晩年』——成立と出版

山内祥史

写真資料提供
川島幸希
藤田三男編集事務所

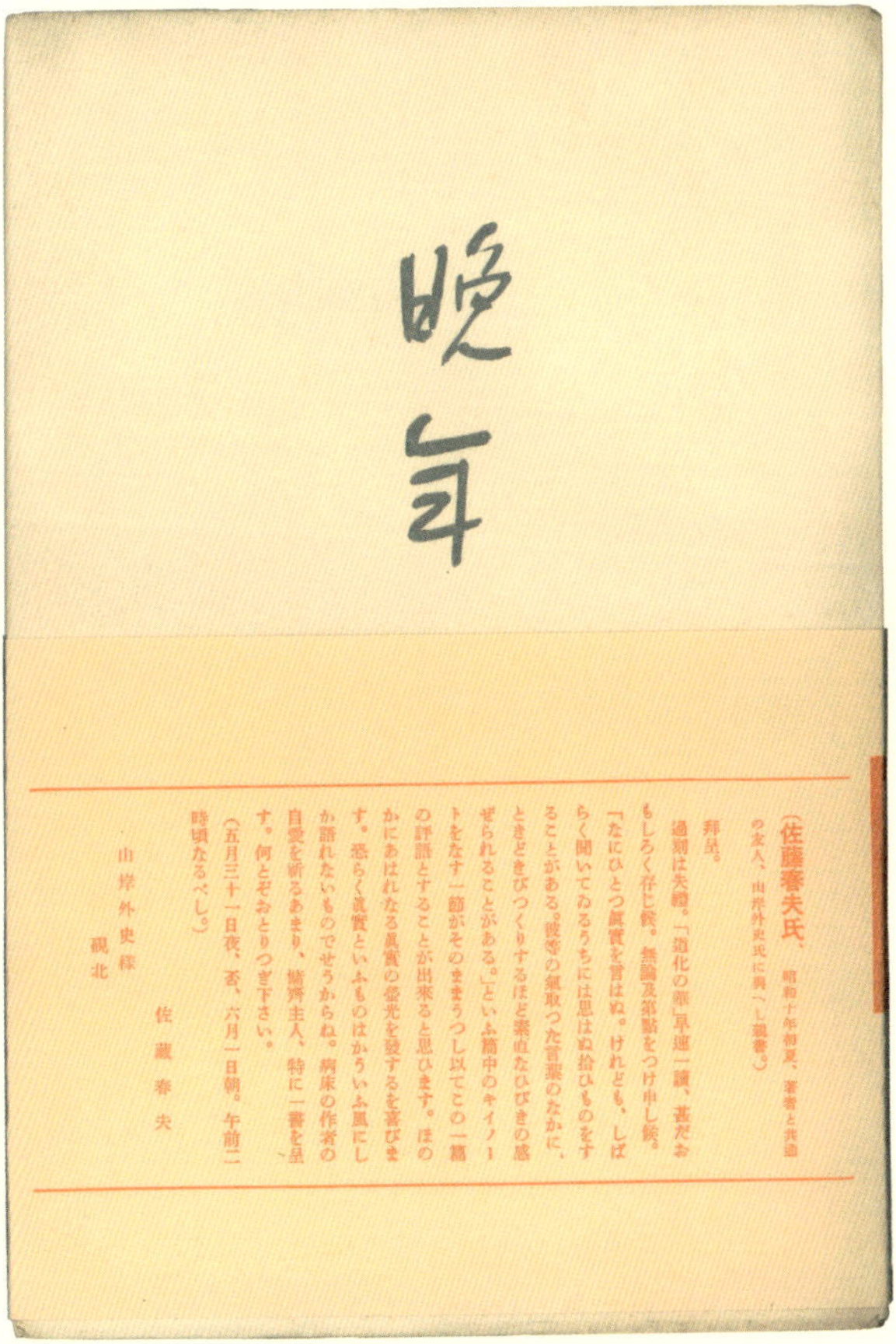
晩年
（佐藤春夫氏、昭和十年初夏、著者と共通の友人、山岸外史氏に與へし親書。）
拜呈。
過日は失禮。「道化の華」早速一讀、甚だおもしろく存じ候。無論及第點をつけ申し候。「なにひとつ眞實を言はぬ。けれども、しばらく聞いてゐるうちには思はぬ拾ひものをすることがある。彼等の氣取つた言葉のなかに、ときどきびつくりするほど素直なひびきの感ぜられることがある。」といふ篇中のキイノートをなす一節がそのままうつし以てこの一篇の評語とすることが出來ると思ひます。ほのかにあはれなる眞實の螢光を發するを喜びます。恐らく眞實といふものはかういふ風にしか語れないものでせうからね。病床の作者の自愛を祈るあまり、慵齋主人、特に一書を呈す。何とぞおとりつぎ下さい。
（五月三十一日夜、否、六月一日朝。午前二時頃なるべし。）
佐藤春夫
山岸外史様
硯北

太宰治第一小説集『晩年』

目次

まえがき

太宰治の作品に、「雌に就いて」と題する短篇小説があります。昭和一一年二月二六日のできごとを記した小説で、おなじ年、「若草」という雑誌の五月号に発表されています。その小説の冒頭の一節に、太宰治は、つぎのように記しています。

これは、希望を失つた人たちの読む小説である。

「希望を失つた人たち」、いわば、絶望したものの世界、それが、太宰治の世界です。かれは、なにに絶望していたのか。太宰治にとって、絶望とは、先験的な与件のようなものでした。いわば、あらゆる条件に先だってあたえられている、人間存在としての苦悩であったわけです。すべての条件に先だって、ひとの世に生きるひとの子は、苦しみ悩むという考えが、太宰治の根本にはあります。

ところで、太宰治の処女創作集の題名は『晩年』です。この書名は、どういう意味なのか。「ダス・ゲマイネ」という作品には、「当時、私には一日一日が晩年であつた。」と記されています。また、「逆行」という作品には、つぎのように記されています。

> 老人ではなかつた。二十五歳を越しただけであつた。けれどもやはり老人であつた。ふつうの人の一年一年を、この老人はたつぷり三倍三倍にして暮したのである。二度、自殺をし損つた。そのうちの一度は情死であつた。三度、留置場にぶちこまれた。思想の罪人としてであつた。つひに一篇も売れなかつたけれど、百篇にあまる小説を書いた。

『晩年』という書名の意味は、いま引用したふたつの作品の一節からも、おおよそ推測可能かと思います。この『晩年』に関して、太宰治は、「『晩年』に就いて」と題した随想のなかで、つぎのように述べています。

> 私はこの短篇集一冊のために、十箇年を棒に振つた。まる十箇年、市民と同じさはやかな朝めしを食はなかつた。私は、この本一冊のために、身の置きどころを失ひ、たえず自尊心を傷けられて世のなかの寒風に吹きまくられ、さうして、うろうろ歩きまはつてゐた。数万円の金銭を浪費した。舌を焼き、胸を焦がし、わが身を、たうてい恢復できぬまでにわざと損じた。百篇にあまる小説を、破り捨てた。原稿用紙五万枚。さうして残つたのは、辛うじて、これだけである。これだけ。原稿用紙、六百枚にち

かいのであるが、稿料、全部で六十数円である。けれども、私は、信じて居る。この短篇集、「晩年」は、年々歳々、いよいよ色濃く、きみの眼に、きみの胸に滲透して行くにちがひないといふことを。私はこの本一冊を創るためにのみ生れた。けふよりのちの私は全くの死骸である。私は余生を送つて行く。

この『晩年』が刊行されたのは、昭和一一年六月のことです。それは、どのような時代であったのか、その前後のおもなできごとをひろってみますと、つぎのようになります。昭和七年には、三月から六月にかけて、日本プロレタリア文化連盟（コップ）の主要活動家がほとんど検挙されています。また、陸海軍将校らが首相官邸などを襲撃し、首相犬養毅を射殺する五・一五事件が発生しています。昭和八年には、一月、ヒトラーがドイツ首相に就任し、ナチスが政権を獲得します。二月、小林多喜二が逮捕され、その日のうちに特高警察の拷問によって二九歳の生命を断たれています。ひきとられた死体の下半身は、まっ黒にはれあがっていたといいます。拷問による内出血のためです。昭和九年には、プロレタリア文学運動が壊滅し、シェストフなどの「不安の哲学」が、世を風靡しました。そして、『晩年』刊行の昭和一一年には、日本近代史上、最大の内乱といわれている事件が発生しています。陸軍青年将校二二名が、下士官、兵約一四〇〇名を指揮して、完全軍装の上首相官邸などを襲撃、高橋大蔵大臣、斎藤内大臣、渡辺教育総監などを射殺した、二・二六事件です。昭和一二年には、七月七日、盧溝橋事件が勃発し、これを契機に日中戦争がはじまって、日本はかぎりないほろびへの道をたどっていくことになります。

そのころの太宰治は、というと、つぎのような生活を送っています。昭和一〇年三月、東京帝大が落第と決定します。当時の大学は、ふつう三年で卒業という制度だったのですが、太宰治の場合、このときすでに、入学後五年になっていたのに、また、落第することになったのです。そこで、都新聞の入社試験をうけましたが、これにも失敗。三月一五日、書き置きのようなものを残して家を出、二日後の深夜、鎌倉八幡宮の裏山で縊死をはかりましたが未遂に終わっています。翌月の四月四日、とつぜん、腹痛を訴え、診察をうけた結果急性盲腸炎と判明し入院、翌日手術をうけましたが、手遅れで、重態におちいりはかばかしく恢復しませんでした。その入院生活中、患部の痛みどめのために、ほとんど毎日、パビナールという麻薬をうつようになり、それが習慣化し、進行して、やがて陰惨な麻薬中毒患者になっていきます。当時太宰治と親しかった檀一雄は、そのころを回想して、つぎのようにいっています。

遅い目醒めの朝毎に、何通もの手紙を握りしめながら、「ムチ」と称するステッキをつきつき、白日の中をよろけ出してゆく、太宰の異様な後ろ姿が眺められたものだ。
それは、ほとんどが借銭申込みの手紙でした。たとえば、「姥捨」という作品の中に、

借銭、それも、義理のわるい借銭、これをどうする。汚名、半気ちがひとしての汚名、これをどうする。病苦、人がそれを信じて呉れない皮肉な病苦、これをどうする。
そうして肉親。

と哀切に表現しているこのリフレインは、形容でも誇張でもなく、かれの心のなかにくりかえし襲いよっていた現実の痛み苦しみであったのです。はだかになれば、太腿のあたり、注射の針のあとが、胡麻点を撒いたようで、よろけだしていく行先は、薬屋か、医院かでしたが、両方ともに当時の金にして、五、六百円をこえる借りがあったということです。そんな生活がつづいたあげく、昭和一一年一〇月一三日には、ついに精神病院に監禁されています。「HUMAN LOST」という作品によれば、

鉄格子と、金網と、それから、重い扉、開閉のたびごとに、がちんがちんと鍵の音。
寝ずの番の看守、ぅろ、ぅろ。

という「人間倉庫」のなかに、まる一ヶ月間監禁されるのです。「『晩年』に就いて」のなかで、「舌を焼き、胸を焦がし、わが身を、たうてい恢復できぬまでにわざと損じた。」と記して

いるのも、けっして誇張といえぬような生活を送っていたのです。かれをとりまいている暗い時代よりも、いっそう暗く惨憺とした生活を、みずから進んで選び過ごしていたようです。かれの生家は、青森きっての資産家で、父親は生前貴族院議員を務め、兄は当時県会議員を務めていました。太宰治自身も秀才といわれ、東京帝国大学に進学していたのです。常識的に考えて、なんの不足もないような状況でした。なぜかれは、このように悲惨な苦しみのなかにいなければならないのか、人びとには理解しがたいことでした。そこで、この苦悩するものをさげすみ、あなどり、捨て去ってしまったのです。とにかく、盧溝橋事件の勃発、日中戦争の開始、そしてやがては太平洋戦争へとさしかかる、異様な気配のただなかにおいてです。人間のもっとも基本であるはずのものは、この世界とその変化とを成りたたせている深い力と交感できる能力だと、わたしは思いますが、太宰治は、現代人が失いかけているその人間のいちばん深い能力を、ただしく持ちつづけていたように思われます。いわば、頭で考えてではなく、魂のひだで、人間存在の危機を、民族のほろびを、するどくじつに生き生きと感受していたように思うのです。かれの魂を、つき動かし徐々に狂わせていったのは、そのようなほろびの予感とでもいえるようなものであったのではないかと思われます。その意味で、わたしは太宰治に、すぐれた詩人の悲惨と栄光とを、見るのです。

太宰治のいう「晩年」とは、現に生きている今のこの時を、自分の生涯の終わりの時として生きる、「死」に近い時として生きる、希望を失った未来のない時として生きる、そのような時を自分の宿命と信じて生きる、ということでしょう。世界と自己との日常的観点を離脱した、その生のただ中にあって迫って来る「死」。確実な可能性として自分の「死」を実感すること。その実感を可能にするのは、自らに潜んでいる「無」だと思います。「無」が「死」を「死」として経験させるのです。

「人間失格」という言葉も使用されましたが、太宰の『晩年』の世界は、人間中心主義の近代的世界観の崩壊を示しているように思われます。余分なもののいっさいをはぎ落とす経験をすることによって、初めて人間の一番奥にあるものが顕《あらわ》になる。すべての人間的な可能性が崩された最後のところ、「死」の陰の谷でこそ、初めて真実は示される。太宰治の『晩年』の作品世界は、現代的世界を示して秀抜であるように思います。

太宰治の『晩年』に関する以下の考証が、読者ひとりひとりの「太宰治の『晩年』の世界」を創っていく上で、いささかでも役立つようであれば、幸いに思います。

Ⅰ『晩年』収録作品の初出

まず『晩年』収載の作品を、初出に即して作品名・発表紙誌名・巻号数・発行年月日・所載欄・所載頁等の諸項を、発表年月日順に記してみますと、つぎのようになります。

1列車・東奥日報・第壱万四千五百四十一号・昭和八年二月十九日付発行・「乙種懸賞創作入選」欄・4面
2魚服記・海豹・三月号、創刊号・昭和八年三月一日付発行・4〜12頁
3思ひ出／一章・海豹・四月号、第一巻第二号・昭和八年四月一日付発行・27〜41頁
4思ひ出／二章・海豹・六月号、第一巻第四号・昭和八年六月一日付発行・39〜50頁
5思ひ出／三章・海豹・七月号、第一巻第五号・昭和八年七月一日付発行・40〜50頁
6葉・鷭・第一輯・昭和九年四月十一日付発行・「創作」欄・165〜186頁
7猿面冠者・鷭・第二輯・昭和九年七月一日付発行・「創作」欄・151〜172頁
8彼は昔の彼ならず・世紀・十月号、第一巻第七号・昭和九年十月一日付発行・31〜64頁

9ロマネスク・青い花・創刊号・昭和九年十二月一日付発行・5～27頁
10逆行・文藝・二月号、第三巻第二号・昭和十年二月一日付発行・「創作」欄・67～77頁
11道化の華・日本浪曼派・五月号、第一巻第三号・昭和十年五月一日付発行・95～141頁
12玩具・作品・七月号、第六巻第七号・昭和十年七月一日付発行・「特輯新進作家小説号」欄・100～106頁
13雀こ・作品・七月号、第六巻第七号・昭和十年七月一日付発行・「特輯新進作家小説号」欄・107～111頁
14猿ケ島・文学界・八月号、第二巻第八号・昭和十年九月一日付発行・19～28頁
15盗賊（コント）・帝国大学新聞・第五百九十三号・昭和十年十月七日付発行・9面
16地球図・新潮・十二月号、第三十二年第十二号・昭和十年十二月一日付発行・175～182頁
17めくら草紙・新潮・新年特大号、第三十三年第一号・昭和十一年一月一日付発行・「創作特輯二十篇」欄・104～112頁
18陰火・文藝雑誌・四月号、第一巻第四号・昭和十一年四月一日付発行・「創作」欄・6～23頁
以上すべて、署名は「太宰治」。はじめて筆名「太宰治」を使用して小説を発表したのが「列

車」ですから、いわば、昭和八年二月十九日付発表のその「列車」から、昭和十一年四月一日付発表の「陰火」にいたる、まさしく「太宰治第一短篇小説集」が『晩年』ということになります。しかし、この間に発表されたすべての「小説」が、『晩年』におさめられたのではありません。随想をのぞくと、他に小説として、つぎの三篇があります。

19断崖の錯覚・文化公論・四月号、第四巻第四号・昭和九年四月一日付発行・「小説」欄・173〜187頁

20洋之介の気焔・文藝春秋・四月特別号、「直木三十五追悼号」第十二年第四号・昭和九年四月一日付発行・「創作」欄・350〜360頁

21ダス・ゲマイネ・文藝春秋・十月号、第十三巻第十号・昭和十年十月一日付発行・「創作」欄・352〜375頁

ただし19は、「黒木舜平」という、匿名ともいえる筆名で発表された、「犯罪小説」(「国文学解釈と鑑賞」第四十六巻第十号「特集太宰治の肖像」昭和五十六年十月一日付発行所掲の拙稿「太宰治全集未収録短篇小説「断崖の錯覚」について」及び「日本近代文学館」第六十四号、昭和五十六年十一月十五日付発行所掲の拙稿「太宰治の犯罪小説」参照)であったし、また20は、「井伏鱒二」の名で掲載された、いわゆる「代作」(「文藝」第十巻

第十二号「太宰治特集号」昭和二十八年十二月一日付発行所掲の井伏鱒二氏「前がき」参照）であったわけですから、『晩年』に収録されなかったのは当然といえるでしょう。しかし、なぜ「ダス・ゲマイネ」は収録されなかったのか、この問題は、『晩年』に収載の作品がなぜあのように配列構成されたか、という問題とともに、一考の必要がありましょう。しかし私はいま、その問題にふれる余裕がありません。いずれ稿を改めて、私見をのべてみたいと思っています。

ところで、太宰治作品年譜の嚆矢は、彼の死の直後に作成された「日本読書新聞」第四四七号（昭和二十三年六月三十日付発行）の特集「作家太宰治」所載の、「太宰治主要作品年譜」と思われます。この「太宰治主要作品年譜」作成者は、無署名のために不明ですが、「日本読書新聞」編集部、あるいは八雲書店太宰治全集編集部、のどちらかではないかと思っています。いまその年譜の、この稿に関連する部分のみ引用してみますと、つぎのようになります。

◇昭和八年◇「魚服記」海豹4月号（以下数字は月を示す）「列車」東奥日報5「思ひ出」海豹6〜8

◇九年◇「葉」鸛3「猿面冠者」同6「彼は昔の彼ならず」世紀10

◇十年◇「ロマネスク」青い花10　「逆行」文藝2　「道化の華」日本浪漫派5　「玩具・雀」作品7　「猿ケ島」文学界9　「ダス・ゲマイネ」文藝春秋10　「盗賊」帝大新聞11　「地球図」新潮12

◇十一年◇「めくら草紙」新潮1　「陰火」文藝雑誌3

これを、さきの初出と比較していただければ、すぐにおわかりと思いますが、「日本浪漫派」「雀」等の枝葉の誤謬をのぞけば1 2 3 4 5 6 7 9 15 18が誤り、8 10 11 12 13 14 16 17は正確であるわけです。この時期「作品年譜」として、岸金剛氏著『太宰治の作品とそのモデル』（城南社、昭和二十三年八月十五日付発行）所載「太宰治作品年譜」、および「太宰治全集附録第一号」（八雲書店、昭和二十三年九月一日付発行）所載「太宰治全集創作年表（既刊分）」がありますが、すべておなじ点が誤り、おなじ点が正確に記されています。この誤謬が、どのように訂正されて現在にいたっているか、ということは、さらに、太宰治書誌研究史の一端にもなりますので、以下に記しておきたいと思うのです。

右のうち9は、まず田中英光氏編『自叙伝全集太宰治』（文潮社、昭和二十三年十月十日付発行）所載「太宰治年譜」の「昭和九年」の項に、「十二月、山岸外史、中村地平等と、同人雑誌「青い花」を創刊し、「ロマネスク」を発表した。」と記され、「ロマネスク」発表「青い花」の発行年月が訂正されました。ただし、右のうち「中村地平」というのは誤りのようです。「青い花」の同人は、「岩田九一／伊馬鵜平／斧稜／太宰治／檀一雄／津村信夫／中原中也／太田克已／久保隆一郎／山岸外史／安原喜弘／小山祐士／今官一／北村謙次郎／木山捷平／雪山俊之／宮川義逸／森敦」の十八名であって、中村地平氏はふくまれていません。

そののち、『晩年　太宰治全集第一巻（近代文庫18）』（創藝社、昭和二十七年三月十五日付発行）所載、津島美知子夫人「後記」において、まず1が、「「列車」（サンデー東奥）昭和八年二月。」と記され、さらに付記して、「「サンデー東奥」は東奥日報社（青森）発行の週刊誌で、「列車」は、昭和八年二月十九日附同誌の乙種（十枚）懸賞入選作品です。」と、ほぼ正確に記されました。「ほぼ正確に」というのは、「週刊誌」という表現はどうであろう、と思うわけです。たとえば、これを踏襲した『晩年（角川文庫706）』（角川書店、昭和二十八年十一月三十日付発行）所載、小山清氏「解説」には、「「サンデー東奥」は東奥日報（青森、東奥日報社発行）の附録として発行された週刊雑誌で、この作品は太宰治の筆名で発表された最初のものである。」と、「週刊雑誌」と記されています。私はさきに、便宜上初出発表を「東奥日報」としましたが、これは、「サンデー東奥」としてもまちがっているわけではありません。しかし、この「サンデー東奥」は、新聞「東奥日報」の日曜附録週刊紙であって、端的にいえば、「東奥日報」紙の一部ということもできるものです。

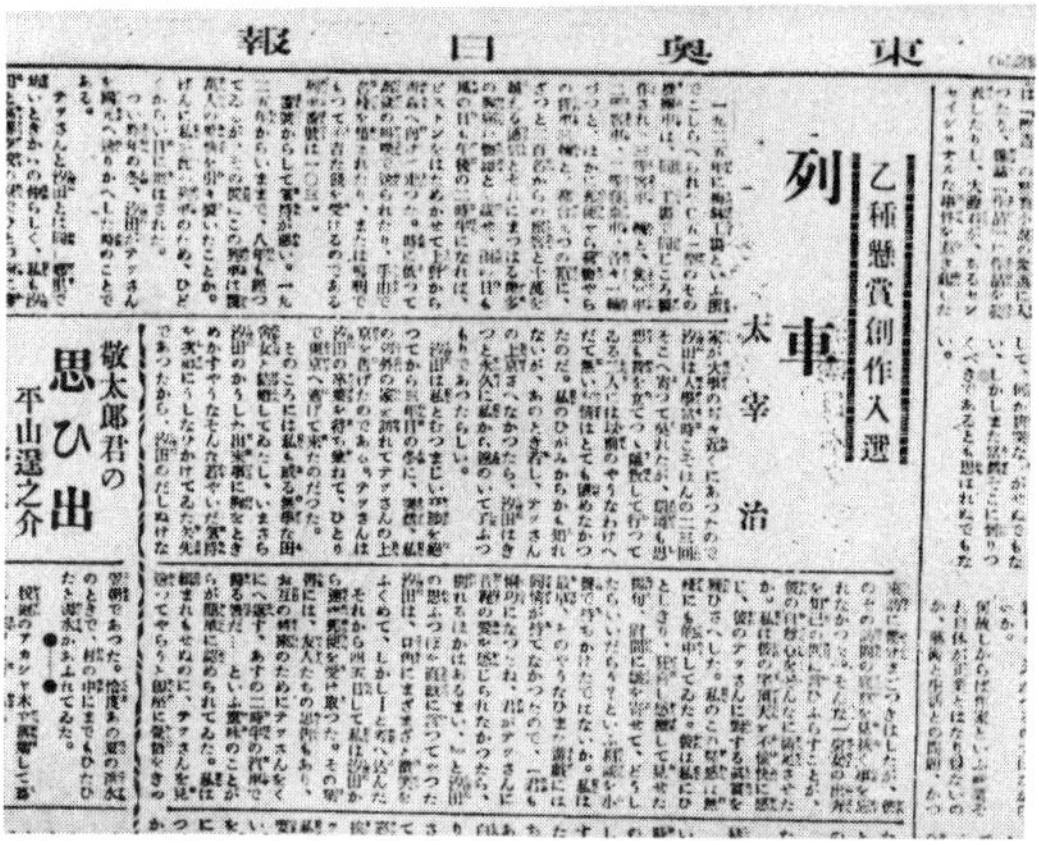
東奥日報

乙種懸賞創作入選

列車

太宰治

敬太郎君の思ひ出

平山還之介

「列車」（「東奥日報」所載）

それで私は、これまでの誤謬解消のための一方便として、「東奥日報」としておいたわけです。

参考までに、「列車」初出紙の写真の所載されたものを紹介しますと、『太宰治（日本文学アルバム15）』（筑摩書房、昭年三十年十月二十日付発行）、『太宰治（近代作家研究アルバム）』（筑摩書房、昭和三十九年六月二十日付発行）、『没後二十年太宰治展』（毎日新聞社、昭和四十三年六月十八日付発行）、毎日新聞社編『写真集太宰治の生涯』（毎日新聞社、昭和四十三年九月二十五日付発行）等がありますが、それをみれば、太宰治の「列車」のすぐ上に、横書きで「東奥日報」と記されています。したがって、「週刊誌」あるいは「週刊雑誌」という表現は、どうであろうと私は思うわけです。しかしこの「週刊誌」の件をのぞけば、他をすべてあきらかにされた夫人の功績は多大である、と思われます。あるいは「週刊誌」の件は、誤記というより、印刷工の誤植であったと考えておくべきかもしれません。さらにおなじ「後記」で夫人は、15を「「盗賊」の章はこの年の十月七日付帝大新聞にコントとして掲載されてゐます。」と訂正され、また18も、「「陰火」(文芸雑誌)昭和十一年四月。」と訂正されました。いわば夫人の「後記」において、1 15 18の初出が確認されたわけですが、しかし、2については「「魚服記」(海豹)昭和八年四月。」と記され、付記して、「「海豹」は、神戸雄一、木山捷平、古谷綱武、今官一氏らの企劃した同人雑誌で、太宰は同郷の友人今氏の紹介でこれに参加したのです。「魚服記」はその創刊号に発表されて、(略)」と記されています。さらに、3 4 5については「「思ひ出」(海豹)昭和八年五、七、八月。」と記され、6 7については、さきの「日本読書新聞」等の「作品年譜」の誤謬が、そのまま踏襲されています。そして9は、田中英光氏によって訂正されたのですが、それがまた、「「ロマネスク」(青い花)昭和十年一月。」と誤記されています。

つぎには、第三回目の全集『太宰治全集第一巻』(筑摩書房、昭和三十年十月二十日付発行)

所載「後記」で、初出確認が画期的に進展します。まず2が、「「海豹」創刊号に昭和八年三月発表された。」と訂正され、さらに３４５が、「神戸雄一、木山捷平、古谷綱武、今官一等の始めた同人雑誌「海豹」の昭和八年四、六、七月号に分載された。」と訂正され、6については、「檀一雄、古谷綱武等の編集する季刊同人雑誌「鷭」の第一輯に昭和九年四月発表された。」と記され、また7も、「「鷭」第二輯に昭和九年七月発表された。」と記されて訂正されました。しかし1は、「昭和八年二月、東奥日報社発行の週刊誌「サンデー東奥」に発表された。」と記されており、また9は、「檀一雄、山岸外史、伊馬鵜平、中原中也と始めた同人雑誌「青い花」創刊号に昭和九年十一月発表された。」と記され、さらに15は、さきの夫人の「後記」であきらかにされたのですが、それが「「盗賊」は同年十一月の東京帝国大学新聞に発表された。」と誤記されています。この第三回目の全集『太宰治全集第十二巻』（筑摩書房、昭和三十一年九月二十日付発行）には「年譜」が所載されましたが、それをみますと、1は「二月（略）「東奥日報」の日曜附録「サンデー東奥」に、はじめて太宰治の筆名で「列車」を発表した。」と訂正され、また9も、「十二月、今官一、津村信夫、伊馬鵜平、小山祐士、木山捷平、北村謙次郎、檀一雄、山岸外史、中原中也等と同人雑誌「青い花」を創刊し、「ロマネスク」を発表した。」と訂正されましたが、15は「十一月、「逆行」の一篇である「盗賊」を「帝大新聞」に発表。」と記されて、誤謬がそのまま踏襲されています。この誤謬は、第四回目の全集『太宰治全集第一巻』（筑摩書房、昭和三十二年十月二十五日付発行）以下、第七回目の全集『太宰治全集第十二巻』（筑摩書房、昭和四十三年二月十五日付発行）にいたるまでの、すべての「後記」および「年譜」でも、そのまま踏襲されているものです。かくしてその他おびただしい量の「太宰治年譜」も、すべて「盗賊」は昭和十年十一月の発表と記されてきたわけです。

これを渡部芳紀氏は、「太宰治作品事典」（「國文學」第十二巻第十四号「特集太宰治の文学」昭和四十二年十一月二十日付発行）の「晩年」の項において、「盗賊は、同年、「東京帝国大学新聞」十月七日号発表。」と記され、また「太宰治論—中期の世界—（一）」（「文学世紀」第十六号、昭和四十三年六月付発行）の「第一章太宰治と芥川賞」にも、「最後の一編は、同年十月七日付（筑摩年譜に十一月とあるのは誤り）「東京帝国大学新聞」に発表されたものである。」と指摘されています。この「盗賊」の初出は、さきに触れたように、津島美知子夫人「後記」において訂正されていたのですが、この「後記」は、のち『太宰治（日本文学研究資料叢書）』（有精堂、昭和四十五年三月二十日付発行）に、「創芸社版『太宰治全集』後記」と題して収載されました。それによれば、1は「「サンデー東奥」は東奥日報社（青森）発行の東奥日報日曜附録で、「列車」は、昭和八年二月十九日附同紙の乙種（十枚）懸賞入選作品です。」と訂正され、また2は、「「魚服記」（海豹）昭和八年三月創刊号」、345は「「思ひ出」（海豹）昭和八年四、六、七月号」、6は「葉」（鷭）昭和九年四月発行第一輯」、7は「「猿面冠者」（鷭）昭和九年七月発行第二輯」、9『ロマネスク』（青い花）昭和九年十二月創刊号」と訂正され、すべて正しく記されました。なお、念のためさらに補足しておきますと、「文藝」に発表の10「逆行」は「蝶蝶」（76〜68頁）、「決闘」（69〜74頁）、「くろんぼ」（74〜77頁）と、三篇だけが発表されており、「逆行」の裡の一篇「盗賊」は、別に15として発表されています。さらに、12と13はおなじ雑誌に発表されましたが、その掲載誌「作品」の「目次」には、「玩具」の題名しか記されていません。

以上、『晩年』収載作品の初出に関し、書誌的確認の状況を紹介したわけですが、さらにこれら初出作品と『晩年』収載作品とでは、句読点などをふくめばおびただしい改竄がみられます。が、いまここで、それを考証するにはあまりにもおびただしい紙幅を必要とします。その問題は、改めて各作品ごとに、別稿で考証してみたいと思っています。

II『晩年』の成立

さて、このようにして発表された「小説」が、『晩年』として成立したのはいつのことか、つぎにその問題を考察してみようと思います。そのうちまず、書名『晩年』の成立については、自伝的小説「東京八景」（「文学界」第八巻第一号、昭和十六年一月一日付発行）に、つぎのような一節があります。

> 私は二十五歳になつてゐた。昭和八年である。（略）死ぬばかりの猛省と自嘲と恐怖の中で、死にもせず私は、身勝手な、遺書と称する一聯の作品に凝つてゐた。これが出来たならば。そいつは所詮、青くさい気取つた感傷に過ぎなかつたのかも知れない。けれども私は、その感傷に、命を懸けてゐた。私は書き上げた作品を、大きい紙袋に、三つ四つと貯蔵した。次第に作品の数も殖えて来た。私は、その紙袋に毛筆で、「晩年」と書いた。その一聯の遺書の、銘題のつもりであつた。もう、これで、おしまひだといふ意味なのである。

この「東京八景」の記述に即していえば、「その紙袋に毛筆で、「晩年」と書いた」のは、昭和八年一月頃と推定されます。なぜなら、その直後に「杉並区・天沼三丁目」に移転したとあり、その移転は、昭和八年二月と推定されるからです。

ところで、この「東京八景」の記述の裡で、「紙袋」の件は事実のように思われます。太宰治「川端康成へ」（「文藝通信」第三巻第十号、昭和十年十月一日付発行）にも、「道化の華」を「押入れの紙袋の中にしまつて置いた」ことが記されていますし、また、井伏鱒二氏「解説（太宰の背景を語る）」（『太宰治集上巻』新潮社、昭和二十四年十月三十一日付発行）にも、小館保氏の「話」として、つぎのように記されています。

太宰は「思ひ出」を書きながら、それと並行して習作を書いてゐました。習作が一つ出来あがると、批評をきくために友人を呼び、置酒して朗読会を開きました。興が湧くと、会話など声いろを使つて読むのです。さうして、気に入らない作品は、みんな「倉庫」に入れ、気に入つたものはハトロンの大袋に入れ、その袋はいつも床の間に置いてゐました。このころの習作は、その一部分づつが「葉」に入れてあります。朗読会に集まつてゐた常連は、いま毎日新聞の論説委員をしている平岡敏男・いま津軽の蟹田町にゐる中村貞次郎・当時エノケンの脚本部にゐた菊谷栄・朝日新聞にゐた白鳥貞次郎、それから私なんかでした。

この小館保氏の「話」によれば、「「思ひ出」を書きながら、それと並行して習作を書いてゐ」て、「習作が一つ出来あがると、（略）朗読会を開き」、「気に入らない作品は、みんな「倉庫」に入れ、気に入つたものはハトロンの大袋に入れ」ていたことになりますが、その「思ひ出」の執筆開始は、昭和七年夏八月頃と推測されます。今官一氏「遠ざかる唄声のChronicle.」（『地主一代（未発表作品集）』八雲書店、昭和二十四年四月十五日付発行）には、つぎのような言説があります。

> 昭和七年六月ごろの、日は、定かには覚えてはゐない。彼は、「思ひ出」の一篇を、携へて、私の家を訪れた。いまから、井伏先生に、見て頂きに、行くのだから、その前に、いつぺん、出来栄えを、見て呉れと、いふのだつた。（略）／いそいそと、去つた、彼の後姿を見送つて、私は、この「充足の表情」が、何に由来するかを考へた。私は、百枚の、自信作を、こつこつと書くことの出来た、新居を、あれこれと想像した。まだ大半は残つてゐたが、最近、彼は、白金三光町へ、落ちつくのだといつて、家財道具の、若干を運んだ。

この「昭和七年六月ごろ」は、「最近、彼は、白金三光町へ、落ちつくのだといつて、家財道具の、若干を運んだ」という記憶が事実とすれば、「昭和七年九月ごろ」とすべきだと思われます。昭和七年七月（日附不詳）東京市日本橋区八丁堀よりの小館善四郎氏宛封書では、「沼津へは三十一日に立ちます。（略）芝のうちの方はなるべく早く確實にきめて下さい。」（傍点筆者）とあり、同年八月二日、静岡県沼津市外静浦村志下二百九十八番地坂部啓次郎方よりの小山きみ女宛封書では、「初代と二人で八月一杯ここでからだをきたへるつもりです。（略）学校の方も九月から又行くことになりました。」とあり、同年八月九日、八月十二日には、坂部啓次郎氏方より小館善四郎氏宛に、葉書がだされていいます。うち八月九日付には「谷の住所」が記されていますが、小館善四郎氏「片隅の追憶Ⅰ――白金三光町――」（「太宰治研究」第六号、昭和三十九年十月十九日付発行）によれば、この「谷鎮次郎」氏が「白金三光町の家を世話してくれた」人であったそうです。そしてさらに、八月十二日付では「谷から芝の住所を知らせて来ました。芝区白金三光町二七六高木気附松井周三で行きます。」と記されています。太宰治は、この「芝区白金三光町二七六高木」方に「落ちつく」ことになるのですから、今官一氏の「昭和七年六月ごろ」というのは記憶ちがいで、事実は「昭和七年九月ごろ」であったといえましょう。昭和二十二年一月二十一日付横田俊一氏宛葉書にも、つぎのようにあります。

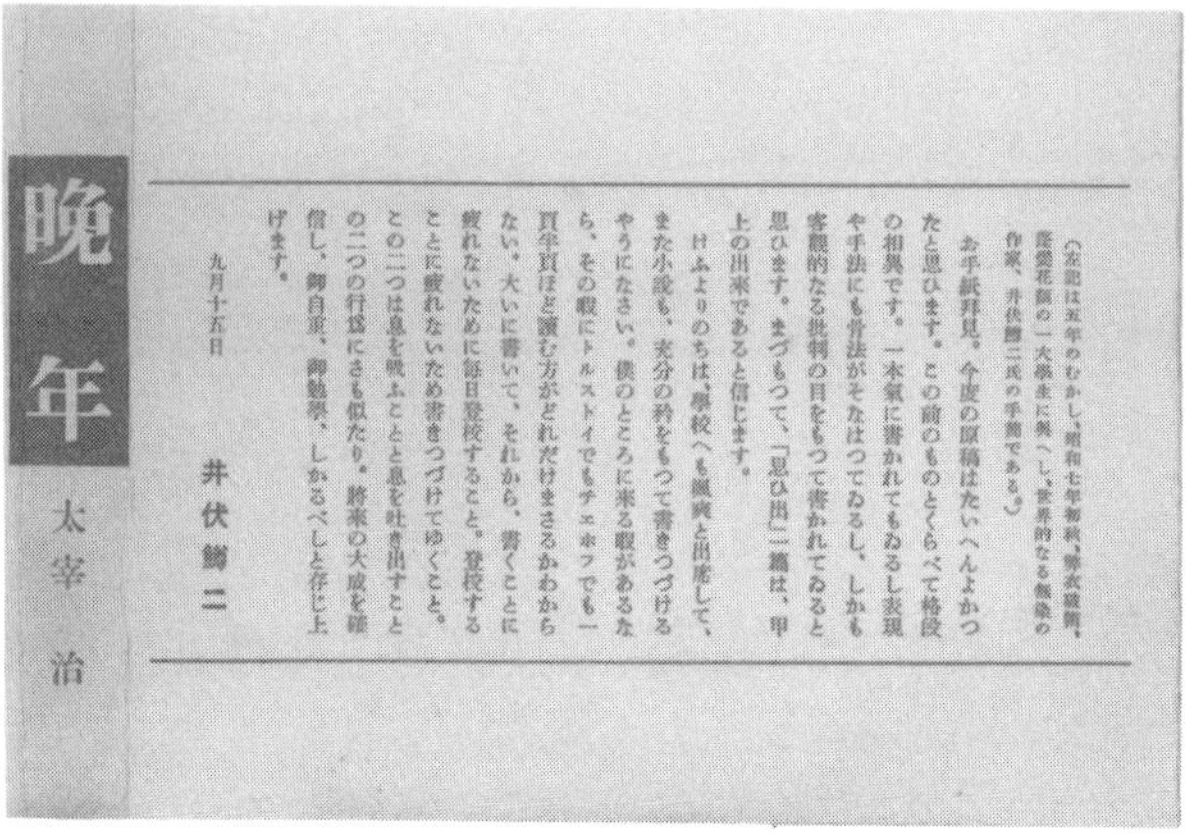

晩年　太宰治

（左記は五年のむかし、昭和七年初秋、弊衣破帽、蓬髪花顔の一大学生に与へし、世界的なる無染の作家、井伏鱒二氏の手簡である。）

お手紙拝見。今度の原稿はたいへんよかつたと思ひます。この前のものとくらべて格段の相異です。一本気に書かれてもゐるし表現や手法にも骨法がそなはつてゐるし、しかも客観的なる批判の目をもつて書かれてゐると思ひます。まづもつて、「思ひ出」一篇は、甲上の出来であると信じます。

けふよりのちは、学校へも颯爽と出席して、また小説も、充分の矜をもつて書きつづけるやうになさい。僕のところに来る暇があるなら、その暇にトルストイでもチエホフでも一頁半頁ほど読む方がどれだけまさるかわからない。大いに書いて、それから、書くことに疲れないために毎日登校すること。登校することに疲れないため書きつづけてゆくこと。この二つは息を吸ふことと息を吐き出すこととの二つの行為にさも似たり。将来の大成を確信し、御自重、御勉学、しかるべしと存じ上げます。

九月十五日　井伏鱒二

『晩年』帯の裏表紙側

昭和七年(二十四歳)の夏にも、伊豆静浦、沿津、三島をあそびまはり、さうしてその間に「思ひ出」を書き、静浦、三島の青年たちに読んで聞かせた記憶があります。それは、御推察の如く、非合法運動自首して、その運動から離れ、検事局出頭までの休養の時期でした。

さらに、これに照応するものとして、昭和七年八月十二日付小館善四郎氏宛葉書では、「一昨晩近所の俳句好きの青年たちと俳句に就いて語り合ひました。」とあります。またさらに、初版『晩年』帯の裏表紙側には、「左記は五年のむかし、昭和七年初秋、弊衣破帽、蓬髪花顔の一大学生に与へし、世界的なる無染の作家、井伏鱒二氏の手簡である。」という前書きのもと、井伏鱒二氏「手簡」が引用されていますが、それには、「まづもって、「思ひ出」一篇は、甲上の出来であると信じます。」とあり、文末には「九月十五日」と、「手簡」執筆月日が記されています。かくして今官一氏の記憶は、昭和七年九月のことであったと、断じていいように思われ、また「思ひ出」の執筆開始は、昭和七年夏八月頃と、推定していいように思われます。しかし、井伏鱒二氏「解説（太宰の背景を語る）」の「思ひ出」の項には、つぎのような言説があります。

この作品は三光町時代から書き出して、天沼に移ってから書き上げたが、太宰君は非常に大事をとつてこの執筆にとりかかつた。私は第二章まで出来た原稿を読まされて、そのころまだ三光町にゐた太宰君に読後感を手紙に書いて送つた。その手紙文の一部を、太宰君は私に無断で第一創作集「晩年」の帯に印刷して出した。／（略）「思ひ出」の第三章は、大体いま云つたやうに、天沼三丁目に移つてから一部分を書き、残りは三島にちよつと転地して帰つてから、次に移つた天沼一丁目の家で書きあげた。

「三光町時代から書き出して」という井伏鱒二氏の記憶に即していえば、執筆開始はやはり昭和七年八月頃、といえるように思います。けれども、『晩年』帯の「九月十五日」付「手簡」が、「第二章まで出来た原稿」の感想であったとすれば、「三章」はいつ「書きあげ」られたのか、ということが問題になります。井伏鱒二氏によれば「天沼一丁目の家で」ということですが、これは記憶ちがいだろうと思います。なぜなら、「三島」への転地は昭和七年七月三十一日であり、同年九月「三光町」、昭和八年二月「天沼三丁目」、五月「天沼一丁目」と転じているのですから、おそらく「残りは三島にちよつと転地して帰つてから、次に移つた天沼三丁目の家で書きあげた。」と、訂正されるべきものでしょう。「太宰治短篇傑作集」の『思ひ出』（人文書院、昭和十五年六月一日付発行）の序文には、「「思ひ出」は、昭和七年に書いた。二十四歳である。」とあり、また「東京八景」には、「八丁堀を引き上げて、芝区・白金三光町。大きい空家の、離れの一室を借りて住んだ。（略）遺書を綴つた。「思ひ出」百枚である。（略）二十四歳の秋の事である。草蓬蓬の廃園を眺めながら、私は離れの一室に坐つて、めつきり笑を失つてゐた。」とあり、さらに「十五年間」（「文化展望」創刊号、昭和二十一年四月一日付発行）には、「白金三光町。この白金三光町の大きな空家の、離れ《はな》の一室《しつ》で私は「思ひ出」などを書いてゐた。」とあります。これらの諸文から、「思ひ出」はほぼ「昭和七年」「白金三光町」で書かれたもの、と推定できるように思います。つまり「三章」は、昭和八年二月には、すでに一旦書きあげられていたと、推定できるように思うのです。たとえば、昭和八年三月三日発行の「海豹通信」第六便に、

「太宰治氏より」という書簡の抜き書きが所載されていますが、それには、「先日はおいとましてから、急に酔ひが発して大変でした。「思ひ出」を、一章だけ書き直しました。いちどに全部書き直すのは、大仕事で、すぐには出来ないやうです。」とあります。そのすぐあとに、編集者古谷綱武氏の「註」がつけられていますが、それには、「註・「思ひ出」は、氏の力作。三章よりなる雄篇。やがて「海豹」を飾るであらう。」と記されています。この「海豹通信」の前便第五便は、二月二十二日付の発行ですから、「「思ひ出」を、一章だけ書き直し」終えたのは昭和八年二月二十二日から三月二日までのことと、推定されます。さらに、「いちどに全部書き直すのは、大仕事で、すぐには出来ない」という「全部」とは、古谷綱武氏の「註」から推して、三章よりなる「思ひ出」の「全部」、と推定できるでしょう。つまり昭和八年二月には、すでに「三章」まで一旦書きあげられており、のち推敲されたものと考えていいように思うのです。さて小館保氏の「話」、「「思ひ出」を書きながら」という表現から推して、推敲している時ではないと思われます。したがって「気に入らない作品は、みんな「倉庫」に入れ、気に入ったものはハトロンの大袋に入れ」たのは、まず、昭和七年九月から昭和八年二月までのことであったと、考えてまちがいないでしょう。

ところで、井伏鱒二氏「解説（太宰の背景を語る）」にはまた、つぎのような言説があります。

太宰君は三光町時代に書いた短篇を、殆んどみんな「倉庫」に入れてしまつた。「思ひ出」の前半は別として、ほかに残したわづかなる作品も、部分的に抜きとつて前後に配列し、高等学校時代の個人雑誌に出した短篇からも抜いて、断章集の形で「葉」といふ題をつけた。（傍点山内）

この「三光町」では昭和八年一月まで居住し、二月に「杉並区・天沼三丁目」に転じたと推定されます。昭和八年一月十八日付芝区白金三光町二百七十六番地高木方よりの井伏鱒二氏宛封書に、つぎのような文面も見られます。

昨日「不死鳥」三〇枚を完成しました。「花」といふ十六枚の短篇を元旦に脱稿いたしましたが、どうやら、お見せする程の出来でもなささうでしたから、そのまま倉庫へ入れて了ひました。「不死鳥」本日お送りしました。

これらの井伏鱒二氏の言説および書簡によれば、「気に入らない作品は、みんな「倉庫」に入れ、気に入つたものはハトロンの大袋に入れ」たのは、昭和八年二月以降のようにも考えられます。しかし、小館保氏の語られた「朗読会」は、「常連」の顔ぶれから考えて昭和八年二月以降ではないように思われます。たとえば平岡敏男氏は「太宰治の学生時代」

(「國文學」第八巻第五号「特集太宰治における人間と風土」昭和三十八年四月一日付発行)で、昭和七年六月七日付工藤永蔵氏宛封書を引用し、その封書にあらわれる飛島定城・平岡敏男・藤野敬止・菊谷栄・中村貞次郎の諸氏について、つぎのように記されています。

私の知る範囲では、翌昭和八年、「海豹」の同人として神戸雄一、木山捷平、古谷綱武、今官一、大鹿卓、新庄嘉章氏らと相見ゆるまでは、かれの交友関係は、この手紙に出てくるひとびとにほぼ限定されていたのであって、小菅銀吉が太宰治にかかわるまでの、学生生活最後の段階の対人関係を物語っているように思われる。／この手紙に出てこないひとで、当時、太宰と親しかったのは井伏鱒二さん、それと青森中学、弘高から東大の文学部にきた小泉静治君、やはり青森中学の級友で東京美術学校で蒔絵関係の勉強をしていた葛西信造君くらいのものであろう。この二人は、惜しいことに若くして病歿した。

この平岡敏男氏がいわれるように、「海豹」の同人たちと「相見ゆるまでは、かれの交友関係は、この手紙に出てくるひとびとにほぼ限定されていた」とすれば、さきの小館保氏のいわれる「朗読会」は、「海豹」同人たちと「相見ゆるまで」のことと、推定されるように思われます。ではこの「海豹」同人たちと相見えたのはいつのことか、これについて、小館善四郎氏「片隅の追憶Ⅰ――白金三光町――」には、昭和八年のこととして、つぎのように記されています。

　年が明けた正月の或る日、三光町での作品朗読で、はじめて太宰治のペンネームをきいた時、私は「太宰旋門という人もいるし、なんだか賛成出来ませんね。」と言ったら、太宰は「いや、これでいいんだ。これでいいんだ。」と独り言のように言っていた。／袴をつけて服装を改めた太宰が、緊張した面もちで、井伏さんのお宅を訪問して帰って来た時の姿は、その時分のことであったような気がする。／いつの間にか、微かに活気がうごきはじめ、今官一氏の来訪があったりして、太宰は「海豹」の季節にはいりかけた。

太宰治の今官一氏宛書簡で、現存の、もっともふるいものは昭和七年十二月二十五日付ですが、それには、「お手紙拝誦。／井伏氏訪問は三日ときめませう。三日の午前中貴兄の宅を私おとづれます。」とありますから、小館善四郎氏の記憶にある井伏鱒二氏宅の訪問は、昭和八年一月三日のことであった、といえるのではないかと思います。したがって太宰治が「「海豹」の季節にはいりかけた」のは、小館善四郎氏の記憶では昭和八年一月頃、と推定できるでしょう。さらに、古谷綱武氏「昭和八年・昭和九年」（「太宰治全集附録第一号」八雲書店、昭和二十三年九月一日付発行）には、つぎのように記されています。

太宰治も仲間に加つて、私たちが「海豹」という同人雑誌をだしたのは、昭和八年の四月であるから、そのすこし前の二月のなかばごろだつたかもしれない。発刊が決定してから、それまで未知だつた太宰が、急に仲間に加つてきたからである。たぶん、紹介者の今官一をのぞいては、同人全部が、そのとき太宰と、はじめてあつたのだとおもう。／（略）／大鹿、神戸、今、それに木山捷平や新庄嘉章に私などがあつまつて、中野のおでんやでメンバーの評定をやつたようにおもう。その席で、今官一が、ぜひ仲間に加えたい同郷の作家志望の友人としてもちだしたのが、津島修治こと太宰治であつた。まだひとつも発表はしていないが、かなり書きためてもつていて、井伏鱒二さんに見てもらつているひとだという話であつた。今官一も、いくつか原稿を見せてもらつたことがあるらしく、その才能をすいせんしていたが、たれも津島修治の名前を知つているものはなかつた。とにかく作品をひとつ見せてもらつたうえで決定しようということになり、今官一は、自分のすいせんした人間に、みづてんの賛意をしめさない仲間のたいどが多少おもしろくないようにも見えたが、それならそれでもいいと、津島の才能には、自信をもつているふうであつた。／そして数日ののちにとどけられた作品が、その後、太宰の第一創作集「晩年」におさめられた「魚服記」である。一枚梳きの日本紙の半ペラの原稿用紙に、すこしかすれるような墨づかいで、きれいな筆の字であつた。

おなじようなことが古谷綱武氏「太宰治のこと」(「昭和文学全集月報第三十六号」角川書店、昭和二十九年五月十五日付発行)にも記されています。そして今官一氏も、「座談会太宰治とその周囲」(「マールイ」第一号「桜桃の記《もうひとりの太宰治》」昭和四十二年五月十九日付発行)で、古谷綱武氏と同様のことをいわれています。すなわち、伊馬春部氏の「ほんとは古谷綱武なんだけど。太宰を最初に認めて騒ぎだしたのは。」という言をうけて今官一氏は、つぎのようにいわれています。

それもはじめは反対だったんですよ。ぼくが「海豹」に入れてくれといったら、そんな素性のわからないものはだめだというんだよ。一つ書いてもらったらいいじゃないかといって、書きましてね、それでもまだ信用してなかったですよ。

さらに「海豹」同人であった木山捷平氏も、「「海豹」のころ」(「太宰治全集第一巻月報I」筑摩書房、昭和三十年十月二十日付発行)におなじような記憶を記されています。

同人雑誌「海豹」は、昭和八年三月に創刊号を出した。/その少し前、この雑誌の最初の同人会が東中野の古谷綱武邸でひらかれた。その時、僕ははじめて、太宰にあつたのである。／その晩集つたのは、古谷綱武、大鹿卓、神戸雄一、新庄嘉章、今官一、塩月赳、藤原定、太宰治、小池旻、などであつたが、古谷の思ひつきであらう、一同がテーブルも何もない部屋にコの字形に坐つて会がすすめられた。まづ雑誌の名前をきめることになつて、「欅」だとか「部屋」だとかいふやうな名前も出て、結局「海豹」におちついたのである。／僕は、その晩、神戸と大鹿のほかは初対面で、何かぎこちなかつたが、会のあと古谷の先導で東中野のおでん屋で一杯やつてるうち楽になつた。太宰も一緒だつた。（略）／二度目にあつたのは古谷の二階である。創刊号の校正が出たといふ知らせで行つたのだが、太宰が一足先に来てゐて、しかしまだ校正にかかる前であつた。／ところがいざ校正の段になつて、太宰の原稿をみると、太宰は原稿を毛筆で書いてゐるのである。赤系統のケイのある半ペラの原稿用紙に、習字の清書でもしたかのやうに、一字一画といへどもおろそかにしない、力のこもつた筆蹟で書いてゐるのである。僕はその、何度か書き直したであらう精進ぶりに圧倒された。

さらに木山捷平氏「初対面の太宰」（「現代文学大系第54巻月報20」筑摩書房、昭和四十年一月十日付発行）には、つぎのような言説があります。

初対面の太宰のことは、前にも小説のなかに書いたことがある。その時あれこれ調べてみたところ、年月まではっきりした。昭和八年二月四日、立春の日の晩のことである。／その晩同人雑誌「海豹」の同人会が東中野の古谷綱武邸であった。会に集ったのは、大鹿卓、今官一、岩波幸之進、塩月赳、新庄嘉章、神戸雄一、藤原定、古谷綱武、小池旻、太宰治、木山捷平の十一人であった。

ここに「初対面の太宰のことは、前にも小説のなかに書いたことがある。」というその小説とは、木山捷平氏「太宰治」（「新潮」第六十一巻第七号「伝記文学特集」昭和三十九年七月一日付発行）をさすものと思われます。その「太宰治」にも、おなじような言説が見られるのですが、「その時あれこれ調べてみた」という「あれこれ」とは、「太宰治」によれば「海豹通信」と「私の古ぼけた日記帳」であったようです。したがって昭和八年二月四日に同人会があり、その同人会に太宰治が出席していたというのは、まちがいないと考えていいでしょう。ところで古谷綱武氏のいう、「中野のおでんやでメンバーの評定をやつた」のはいつか不明ですが、「海豹」同人間の通信である「欅通信」（昭和八年一月二十五日付発行）によれば、「第一回同人会」は昭和八年「一月十九日午后六時半より」古谷邸であったようです。しかし今官一氏「〈海豹通信〉――太宰治を中心に――」（「鑑賞と研究現代日本文学講座〈小説7〉月報2」三省堂、昭和三十七年二月二十日付発行）によれば、「それまでにも、同人たちは、月二回と定めて、同人会を開いて」いたとのことですから、その夜が太宰治未加入時の「メンバーの評定会」であったかどうかは、不明なわけです。しかし、太宰治の名が通信に出てくるのは、二月一日発行の「海豹通信第二便」からです。「消息欄」に、「☆太宰治氏——創作「魚服記」脱稿」とあり、その下に小さく（佳作）と書かれています。したがって古谷綱武氏が、「メンバーの評定」会から「数日ののちにとどけられた」という「魚服記」は、二月一日にはすでに古谷綱武氏の手にあったと考えられます。もし古谷綱武氏の「数日ののち」という記憶にあやまりがなければ、「メンバーの評定」会は昭和八年「一月十九日」であったといえま

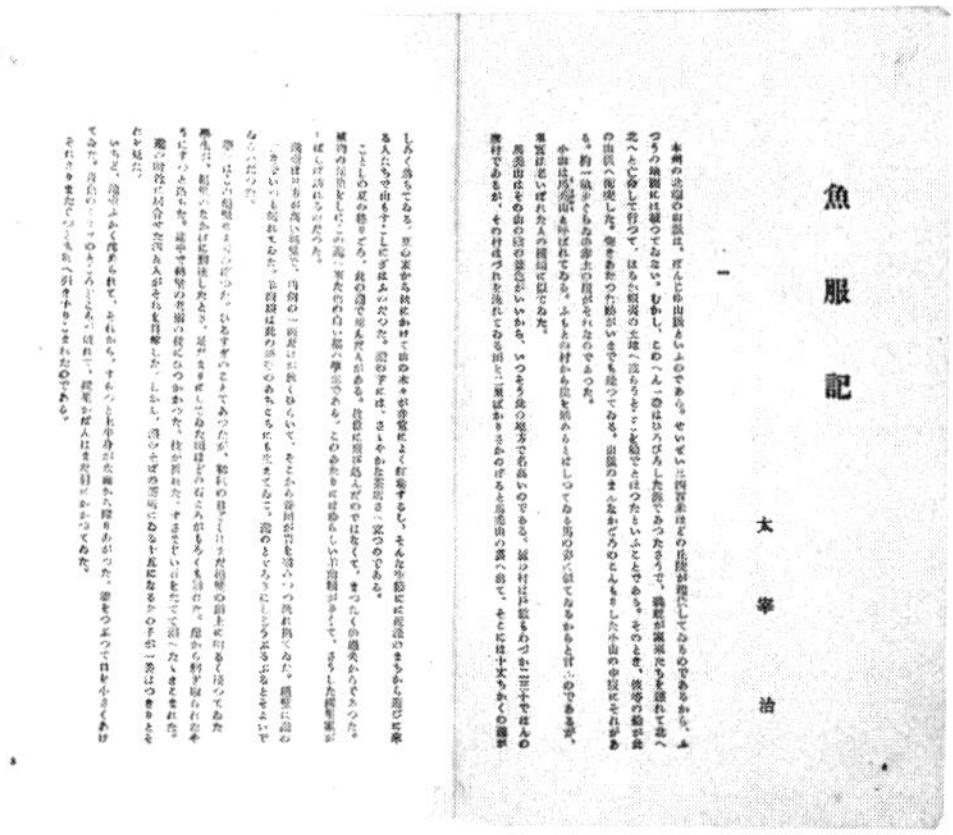
魚服記

太宰治

「魚服記」（「海豹」所収）

しょう。なぜなら、「欅通信」の「消息」欄には次回の同人会の案内が記されていますが、それには「二月四日午后六時半より古谷宅に同人会開催」とあります。さらに、「海豹通信第二便」の私信の欄には、「新庄嘉章氏より」として、「欅通信いただきましたが、雑誌名は「海豹」の方がいいと思ひます。原稿まだ手をつけてはゐませんが、締切（二月四日）までには必ず間に合はせるつもりでゐます。」と記されています。そしてさらに、木山捷平氏「初対面の太宰」によれば、この二月四日の「同人会」には、太宰治はすでに出席しているからです。さてつぎの、昭和八年二月八日発行の「海豹通信第三便」には、「創刊号目次」が所載されていて、その「創作」欄の巻頭には「魚服記　太宰治」と記されています。かくして、小館保氏のいわれる「朗読会」は、「常連」の顔ぶれから考えて、昭和八年二月以降ではないとして、さしつかえないように思います。したがって小館保氏のいわれる、「気に入らない作品は、みんな「倉庫」に入れ、気に入つたものはハトロンの大袋に入れ」たのは、昭和八年一月までのことであったと、考えていいでしょう。さらに「東京八景」の、「その紙袋に毛筆で、「晩年」と書いた。」というのがもし事実であるとするなら、それは昭和八年一月頃までのことと、推定してさしつかえないでしょう。いわば「東京八景」の記述は、年月日的には、ほぼ事実とずれがない、といえるようです。

しかし、その頃「大きい紙袋に」入れられていたのは事実としても、その袋にすでに「晩年」と書いてあったのは事実か否か、それが問題になりますが、浅見淵氏「『晩年』の初版について」（『晩年』付録、大和書房、昭和四十一年十月一日付発行）には、つぎのような言説があります。

> 砂子屋書房の最初の仕事として、まだ本を持たぬ有望な新人作家たちの第一創作集の叢書の出版を思いついた。そのプランの中には、のちに評判になった外村繁の『鵜の物語』や尾崎一雄の『暢気眼鏡』なども入っていた／ところが、トップ・バッターとして起用した『鵜の物語』を印刷屋に廻したばかりのところへ、或る朝、檀一雄が息せき切ってぼくの家に飛び込んで来て、「ぜひ太宰治を加えてやって下さい。太宰は『晩年』と名付けて、一冊分の原稿を整理して持ってます。『晩年』と名付けているくらいですから、この本一冊残して死ぬ気かも知れません。死んだら売れますヨ」と、檀君独特の早口で捲くし立てた。（傍点山内）

さらに檀一雄氏「小説太宰治（続）」（「新潮」第四十六巻第八号、昭和二十四年八月一日付発行）にも、つぎのような言説があります。

> おそらく太宰は自殺を選ぶだろう。だから、何としても、「晩年」を今の中に上梓

> しておきたいと思つた。大きい封筒に入れられた儘、「晩年」の原稿は、早くから私が預かつてゐたからである。（略）／私は繰りかへし、太宰の生命がもう長くないことを露骨に云つて、恐らく採算がとれるだらうことを裏書きした。（傍点山内）

また檀一雄氏「暗い時期」（「文学」第二十三巻第二号、昭和三十年二月十日付発行）にも、「私は早くから大きなハトロン紙の状袋に入れた太宰の「晩年」の原稿をあずかっていた。」とあります。そして檀一雄氏「小説太宰治」（「新潮」第四十六巻第七号、昭和二十四年七月一日付発行）によれば、昭和十年三月中旬頃には、「「晩年」は状袋の儘、もう私が預つてゐた時だつたらう。」というのですから、その袋に「晩年」と書かれていたか否か、また昭和八年一月、すでに書名「晩年」が決定されていたか否かは不明としても、かなり早くから、決定されていたことは間違いない、と思われます。太宰治「川端康成へ」によれば、「道化の華」について、つぎのように記されています。

> 友人の中村地平、久保隆一郎、それから御近所の井伏さんにも読んでもらつて、評判がよい。元気を得て、さらに手を入れ、消し去り書き加へ、五回ほど清書し直して、それから大事に押入れの紙袋の中にしまつて置いた。今年の正月ごろ友人の檀一雄がそれを読み、これは、君、傑作だ、どこかの雑誌社へ持ち込め、僕は川端康成氏のと

ころへたのみに行つてみる。川端氏になら、きつとこの作品が判るにちがひない、と言つた。／（略）／私はさつそく貸家を捜しまはつてゐるうちに、盲腸炎を起し阿佐ケ谷の篠原病院に収容された。膿が腹膜にこぼれてゐて、少し手おくれであつた。入院は今年の四月四日のことである。中谷孝雄が見舞ひに来た。日本浪曼派へはひらう、そのお土産として「道化の華」を発表しよう。そんな話をした。道化の華は檀一雄の手許にあつた。檀一雄はなほも川端氏のところへ持つて行つたらいいのだがなぞと主張してゐた。

この「川端康成へ」によれば、昭和十年三月中旬頃、「「晩年」は状袋の儘、もう私が預つてゐた時だつたらう。」と檀一雄氏がいわれるのは、事実と思われます。すなわち、昭和十年「正月ごろ」、「道化の華」は檀一雄氏によってもちかえられている、と推定できるように思います。したがって書名「晩年」は、おそくとも昭和十年「正月ごろ」にはすでに決定されていた、といえましょう。浅見淵氏との対談「『晩年』前後」（「太宰治全集第一巻月報2」筑摩書房、昭和四十二年四月五日付発行）で檀一雄氏は、つぎのようにいわれています。

昭和九年の晩秋の頃だったと思いますけれど、太宰と会ったとき、太宰から封筒を預かったのです。封筒に原稿が入っていて、出す出さないは関係なしに、これ預かってくれと一袋、「思い出」なんかは活字になっていましたし、生の原稿もあったと思うけれど、一揃いを預かった。全体の題名は「晩年」だという。太宰はもう死ぬ気でいると思って……。

この「『晩年』前後」によれば「昭和九年の晩秋」に、すでに「太宰から封筒を預かった」ことになり、さらに書名「晩年」は、そのときすでに決定されていたことになります。けれども、「昭和九年の晩秋」というのは、のちに引用する「東京八景」の言説と、あまりにも一致しすぎているように思います。その意味で信憑性がうすい、と思うのですが、しかし「東京八景」の言説は、さきに記したような諸種の事情から推して、ほぼ正確といえるのではないか、と思っています。つまり書名「晩年」は、昭和八年一月頃決定されたものと、私は思うわけです。

ところで、その書名「晩年」は、どのような意味でつけられたものか。さきに引用の「東京八景」には、「一聯の遺書の、銘題のつもりであつた。もう、これで、おしまひだといふ意味なのである。」と記されていましたが、「もの思ふ葦」（「文藝雑誌」創刊号、昭和十一年一月一日付発行）の裡の「『晩年』に就いて」には、「けふよりのちの私は全くの死骸である。私は余生を送って行く。」とあり、また「他人に語る」（「文筆」二月号、昭和十三年二月一日付発行）にも、「もう、これが、私の唯一の遺著になるだらうと思ひましたから、題も、「晩年」として置いたのです。」と記されています。要するに、太宰治の書名「晩年」に対する意識は、「一聯の遺書の、銘題のつもり」、つまり「もう、これで、おしまひだといふ意味」、「唯一の遺著」の意であったと考えていいでしょう。それに対し、当時の周辺の人々はどのように考えていたのか。その意識をうかがうに足る文章で、太宰治の没年、昭和二十三年までに発表されたものを記しとどめておきますと、まず今官一氏「「晩年」に贈る詞」（「日本浪曼派」第二巻第七号、昭和十一年九月一日付発行）には、つぎのようにあります。

はるばると海を越えて、この島に着いたときの私の憂愁を思ひ給へ――席上には、三千の猿どもが、酒盃を掬みかはしてゐた。この逆行の水に映るさかさ月を祝ふために。／「晩年――此の字は少し年寄ぢみてゐる」／「いや、長え長え昔噺、知らへがな」／一匹の蜘蛛がするすると下りて来た。巣をつくる足場を得ようと周囲をみまはした。宙に浮んで、それは、自分の絲にしがみついてゐる。

川端康成氏「小説と批評―文藝時評―」（「文藝春秋」第十七巻第九号、昭和十四年五月

一日付発行）には、つぎのようにあります。

「女生徒」も「懶惰の歌留多」も、いはば一種の青春の書なのである。この青春は近代的な自意識にむしばまれて、畸形の発育の渋面をつくり、世紀末的な頽廃とか虚無とか罵るのはやさしいであらう。太宰氏が先きの処女作集に、「晩年」と題したなども、そこらにかういふ心の象徴があるかもしれぬ。「月下の老婆が『人になりたや』酔ひもせず。」と、太宰氏は私にくれた「晩年」の扉に書いてゐる。早熟の才質の疲労の影が見える。

また、斧稜氏「太宰治の文学――青森県出身作家の人と作品――」（「月刊東奥」第五巻第一号、昭和十八年一月十一日付発行）には、つぎのように記されています。

中に晩《ばん》年といふ作品がない。それを本の題名《だい》としたことには「逆行」の老《らう》人を描写《しや》した「蝶々」が最《もつと》もよき示《じ》唆となるであらうが、何よりも、作者の健康《けんかう》も大きな憂慮《いうりよ》であつた。その題名《だい》は、くもりとなつて本を手《て》にとるものに不《ふ》安を与《あた》へた。

さらに、村松定孝氏「太宰治の地点――太宰治　死――」（「日本文庫」第八号、昭和二十三年七月二十日付発行）には、

「晩年」はわれわれに世にも不可思議な小説作法の錬金術と彼独特のドグマのアラ

ベスクを織成し示して、青春の悲愁、人生の黄昏が一言一句にまで濡れ翳つてゐるかに思はれた。

と記され、浅見淵氏「『晩年』時代の太宰治」(「太宰治全集附録第一号」八雲書店、昭和二十三年九月一日付発行)には、

太宰君はその頃、いまいつたやうに、酷いパビナールの中毒に罹つてゐたせゐだらう、まだ僅か廿七歳だつたのに早くも晩年を感じてゐたらしく、第一創作集を「晩年」と名付けたばかりでなく、この本を出して貰へば、もう死んでも思ひ残すことはありませんよと、いひいひしてゐたものである。

と記されています。その他現在にいたるまで、数多の人々によって書名「晩年」の意義が考察されていますが、ここでは以上の紹介にとどめておきます。

ところで「東京八景」には、さきに引用した一節のあと、昭和九年「晩秋」のこととして、つぎのような言説があります。

早く、あの、紙袋の中の作品集を纏めあげたかつた。身勝手な、いい気な考へであらうが、私はそれを、皆へのお詫びとして残したかつた。私に出来る精一ぱいの事で

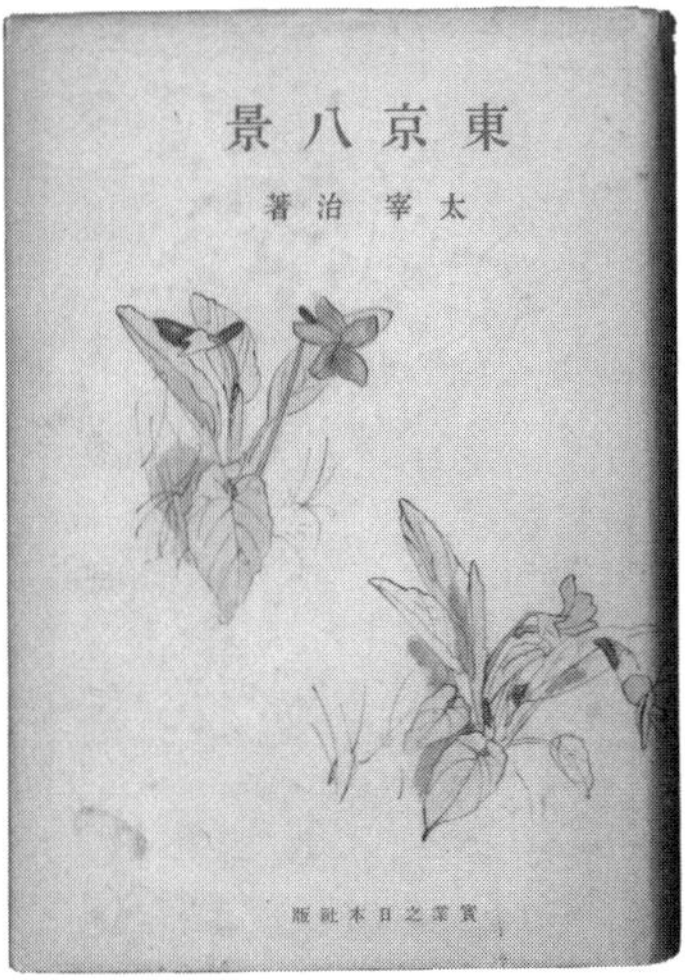

『東京八景』

あつた。そのとしの晩秋に、私はどうやら書き上げた。二十数篇の中、十四篇だけを選び出し、あとの作品は、書き損じの原稿と共に焼き捨てた。行李一杯ぶんは充分にあつた。庭に持ち出して、きれいに燃やした。／「ね、なぜ焼いたの。」Hは、その夜、ふつと言ひ出した。「要らなくなつたから。」私は微笑して答へた。／「なぜ焼いたの。」同じ言葉を繰り返した。泣いてゐた。／私は身のまはりの整理をはじめた。人から借りてゐた書籍はそれぞれ返却し、手紙やノオトも、屑屋に売つた。「晩年」の袋の中には、別に書状を二通こつそり入れて置いた。準備が出来た様子である。

井伏鱒二氏「解説(太宰の背景を語る)」にも、これに似たつぎのような言説がみられます。

　太宰君は生前発表した作品のほかに、未発表のまま棄てた作品をたくさん書いて来た。処女出版の「晩年」が出る前にも、「倉庫」に入れてゐた作品が、原稿用紙の目方で三貫目ちかくあつた。これは「東京八景」にも書いてゐるやうに、「倉庫」である柳行李から取り出して、初代さんといふ当時の奥さんに云ひつけて焼きすてさした。杉並区天沼一丁目、徳川夢声氏宅の裏手、飛島定城氏方にゐたころのことである。

しかしこの「あとの作品は、書き損じの原稿と共に焼き捨てた。」ことについては、『晩年』前後」で檀一雄氏は「それは本当かな。私に『晩年』の袋を渡す前に焼いたかもしれませんね、気に入らないものを何篇か。」といわれています。それはともあれ「東京八景」によれば、紙袋のなかの作品を、「どうやら書き上げた」のは昭和九年「晩秋」、そして残された作品数は、「十四篇」ということになります。もしこれが事実とするならば、「十四篇」の作品とは何であろうか、という疑問がおこります。というのは、『晩年』収載の作品は「列車」「魚服記」「思ひ出」「葉」「猿面冠者」「彼は昔の彼ならず」「ロマネスク」「逆行」「道化の華」「玩具」「雀こ」「猿ケ島」「地球図」「めくら草紙」「陰火」の十五篇ですから、「東京八景」で「書き上げた」という「十四篇」と、そのまま一致するわけでないからです。そこで、まず思いうかぶことは、『晩年』収載作品の十五篇中、「道化の華」は、『虚構の彷徨、ダス・ゲマイネ』（新潮社、昭和十二年六月一日付発行）に長篇「虚構の彷徨」の一部として収められましたから、この「道化の華」をのぞいた篇数で「十四篇」、ではなかろうかということです。しかし「道化の華」は、昭和十一年六月二十五日発行の初版『晩年』、また昭和十二年九月五日発行の再版『晩年』、昭和十二年九月十日発行の参版『晩年』、さらには昭和十六年七月十日発行の改版『晩年』と、すべての『晩年』に収載されているのです。いわば「東京八景」執筆時点にいたるまでに刊行された、すべての『晩年』に収載され、しかも、「東京八景」発表の年と同年に刊行された『晩年』にも、収載されているわけです。したがって、「東京八景」の「十四篇」が、「道化の華」をのぞいた篇数であると考えるのは、困難なことのように思われます。

さて、昭和十一年八月七日付津島文治氏宛書簡につぎのような言説があります。

拙著「晩年」の中に、五、六ヶ所、浅い解釈、汚いひがみがきつとございますでせう。私「めくら草紙」を除き、他は皆、二十五歳以前の作品でございます。以後三年、(三十年もの思ひ、ございました)心鏡澄み、いまの作品と全然ちがひます。御海容下さい。

これによれば、「「めくら草紙」を除き、他は皆、」昭和八年以前の作品、ということになります。とすれば、「めくら草紙」を除いて「十四篇」、これが「東京八景」にいう昭和九年「晩秋」に「書き上げた」ものであろうか、とも思われますが、しかしこれを、そのまま信じることは不可能でしょう。たとえば長兄の「浅い解釈、汚いひがみ」という判断に対する、配慮から生じた虚構と、考えられないこともありません。これに関連して、今官一氏「太宰治と船橋」(「國文學」第八巻第五号「特集太宰治における人間と風土」昭和三十八年四月一日付発行)によれば、昭和十年のこととして、つぎのように記されています。

この年の七月に、太宰治は、千葉県の船橋に移りました。(略)ここの新居で、年内(七月以降)に書かれた作品は、「ダス・ゲマイネ」(文藝春秋・十月号)と「地球図」(新潮・十二月号)と「めくら草紙」(新潮・翌年一月号)の三作だけで——あとは、ほとんど旧作をそのまま発表したものでした。

船橋への転居は、昭和十年七月一日付山岸外史宛葉書に、「病気全快して左記へ転居いたしました、とりあへず、お知らせ申上げます。／千葉県船橋町五日市本宿一九二八」とあり、また「川端康成へ」にも、「七月一日、病院の組織がかはり職員も全部交代するとかで、患者もみんな追ひ出されるやうな始末であつた。私は兄貴と、それから兄貴の知人である北芳四郎といふ洋服屋と二人で相談してきめて呉れた、千葉県船橋の土地へ移された。」とあり、さらに「めくら草紙」にも、「私がこの土地に移り住んだのは昭和十年の七月一日である。」とありますので、七月一日であったと断じていいでしょう。それはともかく、まず「ダス・ゲマイネ」は、昭和十年八月三十一日付今官一氏宛封書に、「来月、十月号には、「文藝春秋」「文藝」「文藝通信」と三つに書いた。（略）「文藝春秋」のは、新しく書いたものだ。四十枚といって来たのに六十枚送ってやった。「ダス・ゲマイネ」（卑俗について）といふ題であるが、これは、ぜひ読んで呉れ。」とありますから、船橋への転居後に書かれたものと、推定できるでしょう。「太宰治短篇傑作集」の『思ひ出』序文にも、「「ダス・ゲマイネ」は、昭和十年に書いた。二十七歳である。」とあります。したがって、「ダス・ゲマイネ」は、昭和九年「晩秋」に書きあげた「十四篇」の裡には、当然ふくまれていないことになります。そしてこの「ダス・ゲマイネ」は、さきにもいったように『晩年』には収載されなかったものです。つぎには、「地球図」。これも、昭和十年十月二十二日付小館善四郎氏宛葉書に、「このごろ工合ひわるく、「新潮」の小説、筆記してもらひたく、二十六日（土曜）来て下さい。徹夜《てつや》でやつてしまひたいと思つてゐます。」とあり、この葉書文を収載した『太宰治全集第十一巻』（筑摩書房、昭和四十三年一月六日付発行）には、文中の「「新潮」の小説」に「註」記がつけられ、「地球図」と記されています。したがってこの「註」記を信ずるとすれば、「地球図」もまた船橋転居後の作であり、昭和九年「晩秋」の「十四篇」の裡には、ふくまれていないと考えられましょう。そして最後の「めくら草紙」は、今官一氏も指摘されるように「船橋」が出てきますから、これはまちがいなく、船橋に転居後の作品と考えられます。つまり今官一氏のいわれるように、「ダス・ゲマイネ」「地球図」「めくら草紙」の「三作」は、船橋へ転居後に書かれた作品であると、推定することが可能なわけです。かくして、さきに引用の津島文治氏宛封書の、「「めくら草紙」を除き、他は皆、二十五歳以前の作品」というのは、事実ではないと断ずることも、可能なわけです。それはともあれ、昭和九年「晩秋」に書きあげた「十四篇」の裡に、これら「三作」がふくまれていないと推定するなら、『晩年』の作品は「列車」「魚服記」「思ひ出」「葉」「猿面冠者」「彼は昔の彼ならず」「ロマネスク」「逆行」「道化の華」「玩具」「雀こ」「猿ケ島」「陰火」の十三篇になります。「盗賊」一篇を加えると十四篇となり、ちょうど数が合致することになりますが、しかしこれは「逆行」の裡の一篇であって、もしこれを一篇として数えるのなら、「蝶蝶」「決闘」「くろんぼ」も各々一篇として数えなければならないように思われます。そうすれば十六篇となり、これでは数が一致しません。

ではこの「十四篇」の作品、どのように確認すればよいのか、その決定的な方法は見当らないように思われます。が、「東京八景」には、昭和十年のこととして、つぎのように記されています。

私が阿佐ケ谷の病院や、経堂の病院に寝てゐる間に、友人達の奔走に依り、私の、あの紙袋の中の「遺書」は二つ三つ、いい雑誌に発表せられ、その反響として起つた罵倒の言葉も、また支持の言葉も、共に私には強烈すぎて狼狽、不安の為に逆上して、薬品中毒は一層すすみ、あれこれ苦しさの余り、のこのこ雑誌社に出掛けては編輯員または社長にまで面会を求めて、原稿料の前借をねだるのである。（略）あの紙袋の中の作品も、一篇残さず売り払つてしまつた。もう何も売るものが無い。すぐには作品も出来なかつた。既に材料が枯渇して、何も書けなくなつてゐた。その頃の文壇は私を指さして、「才あつて徳なし。」と評してゐたが、私自身は、「徳の芽あれども才なし。」であると信じてゐた。

まずこの「友人達の奔走に依り、私の、あの紙袋の中の「遺書」は二つ三つ、いい雑誌に発表せられ」という記述に関連してですが、これは、さきに引用した浅見淵氏「『晩年』の初版について」、檀一雄氏「小説太宰治（続）」「暗い時期」、太宰治「川端康成へ」、浅見淵・檀一雄氏の対談「『晩年』前後」等によれば、事実であったと考えられましょう。さらに、「才あつて徳なし。」の評は、「文藝春秋」昭和十年九月号（第十三年第九号、昭和十年九月一日付発行）所載「芥川龍之介賞経緯」の川端康成氏の評をさしますが、それには、つぎのように記されています。

さて、滝井氏の本予選に通つた五作のうち、例へば佐藤春夫氏は、「逆行」よりも「道化の華」によつて、作者太宰氏を代表したき意見であつた。／この二作は一見別人の作の如く、そこに才華も見られ、なるほど「道化の華」の方が作者の生活や文学観を一杯に盛つてゐるが、私見によれば、作者目下の生活に厭な雲ありて、才能の素直に発せざる憾みあつた。

この評の所載誌は「昭和十年九月一日発行」ですが、実際の発売は八月と思われます。「文藝春秋」昭和十年九月号所載の「芥川龍之介賞直木三十五賞委員会小記」によれば、「第四回は八月十日午後四時、両賞委員会を十一委員出席のもとに深く審議の結果、最後の決定に及び、午後七時に至り各新聞社へ一斉に是を発表す。」とあります。それによって、「東京朝日新聞」昭和十年八月十三日付朝刊（壱万七千七百十六号）「赤外線」欄には、すでに芥川賞の発表に対する杉山平助氏の、「芥川賞は成功」と題する感想が所載されています。そしてまた、八月十三日付、太宰治の小館善四郎氏宛葉書にも、「芥川賞はづれたのは残念であつた。」とあります。「芥川賞はづれた」ことを太宰治は、すでに八月十三日には承知していたわけです。そしてこの「芥川龍之介賞経緯」所載の「文藝春秋」は、昭和十年八月十八日印刷納本ですから、八月二十日頃には発売されていたと思われます。「川端康成へ」にも、

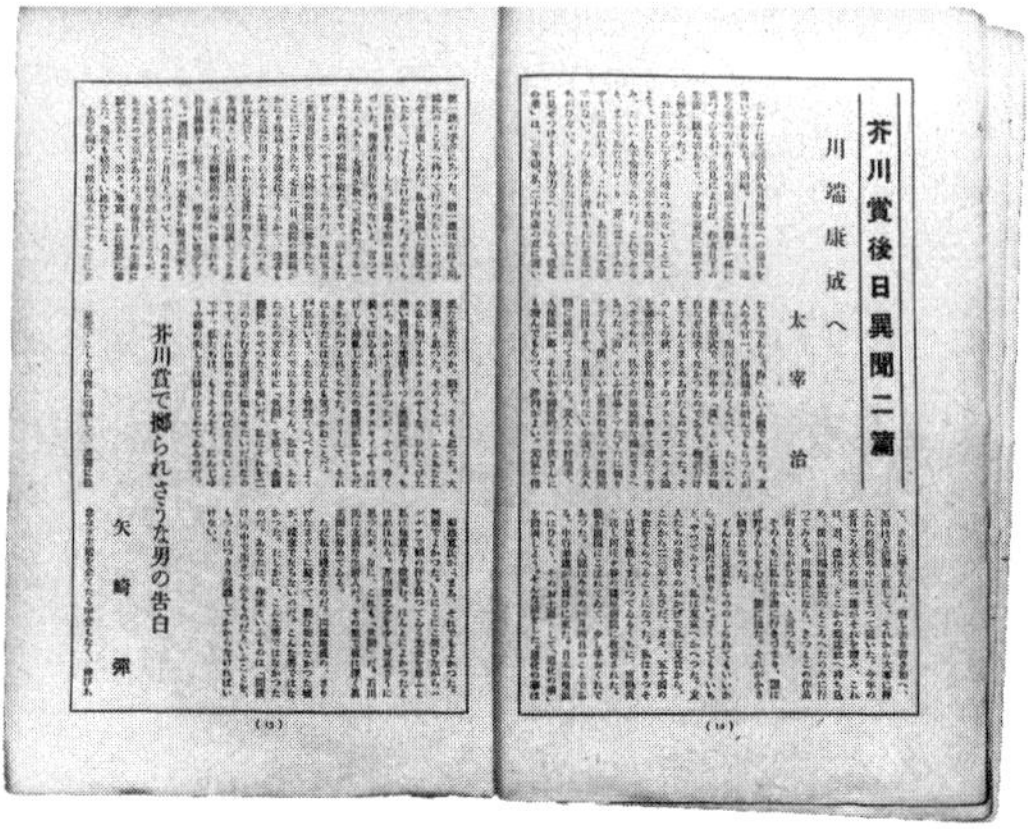

「川端康成へ」（「文藝通信」所収）

つぎのようにあります。

　終日籐椅子に寝そべり、朝夕軽い散歩をする。一週間に一度づつ東京から医者が来る。その生活が二ケ月ほどつづいて、八月の末文藝春秋を本屋の店頭で読んだところが、あなたの文章があつた。「作者目下の生活に厭な雲ありて、云々。」事実、私は憤怒に燃えた。幾夜も寝苦しい思ひをした。

（傍点山内）

　この「川端康成へ」所載誌「文藝通信」昭和十年十月号は、「昭和十年九月十五日印刷納本」です。さらに同誌の「芥川賞後日異聞」欄には、この「川端康成へ」とともに矢崎弾氏「芥川賞で擲られさうな男の告白」が所載されていますが、その文末には（8・28）と、執筆年月日が記されています。したがって、太宰治の「川端康成へ」も、昭和十年八月末の執筆と推定されます。とすれば、「東京八景」の「あの紙袋の中の作品も、一篇残さず売り払つてしまつた。」のは、昭和十年八、九月頃と推定されるでしょう。そしてこの年月、太宰治にとって、忘れ難いものだったと思われます。「川端康成へ」には「私は憤怒に燃えた。幾夜も寝苦しい思ひをした。」とありますが、さらに「もの思ふ葦」の裡の「Alles oder Nichts」には、「私は、或る文学賞の候補者として、私に一言の通知もなく、さうして私が蹴落されてゐることまで、附け加へて、世間に発表された。人おのおの、不抜の自尊心のほどを、思ひたまへ。」とあります。この「Alles oder Nichts」は、未発表原稿であった随想ですが、拙稿「太宰治の未収録原稿——「Alles oder Nichts」——」(「展望」第八十号、昭和四十年八月一日付発行)ですでに考証したように、昭和十年十一月末から十二月初旬にかけて執筆されたもの、と思われます。かくして「一篇残さず売り払ってしまった」のは、昭和十年八、九月頃であると推定し、それをさきの作品の発表状況と照らしあわせると、14の「猿ケ島」まで、ということになるでしょう。いわば「列車」「魚服記」「思ひ出」「葉」「猿面冠者」「彼は昔の彼ならず」「ロマネスク」「逆行」「道化の華」「玩具」「雀こ」「猿ケ島」の十二篇となります。このうち10「逆行」は、「盗賊」をのぞく「蝶蝶」「決闘」「くろんぼ」の三篇からなっているものですから、これを三篇として数えると、ちょうど十四篇ということになります。うち「列車」から「彼は昔の彼ならず」までは、昭和九年の「晩秋」以前に発表されたものですから、書かれたのはまちがいなく、昭和九年の「晩秋」以前であったといえるでしょう。

その他の、昭和九年の「晩秋」以降に発表された作品のうちまず「ロマネスク」は、太宰治「満願」（「文筆」九月号、昭和十三年九月一日付発行）に、

これは、いまから、四年まへの話である。私が伊豆の三島の知合ひのうちの二階で一夏を暮し、ロマネスクといふ小説を書いてゐたころの話である。

とあり、また太宰治「老《アルト》ハイデルベルヒ」（「婦人画報」第四百三十三号、昭和十五年三月一日付発行）に、

八年まへの事でありました。当時、私は極めて懶惰な帝国大学生でありました。一夏を、東海道三島の宿で過したことがあります。／（略）／そのとき三島で書いた「ロマネスク」といふ小説が、二三の人にほめられて、私は自信の無いままに今まで何やら下手な小説を書き続けなければならない運命に立ち至りました。

とあり、さらに『東京八景』（実業之日本社、昭和十六年五月三日付発行）所載「あとがき」には、「HUMAN LOST と、ロマネスクは古い。前者は、昭和十一年。後者は、昭和九年

に書いた。」とあり、またさらに昭和二十二年一月二十一日付横田俊一氏宛太宰治葉書には、つぎのような言説があります。

御問ひ合せの件、伊豆には、二度行つてゐるのでした。昭和七年（二十四歳）と昭和九年と、二度でした。「ロマネスク」を三島で書きましたのは、昭和九年（二十六歳）のやうで、(発表は、昭和十年一月、「青い花」)、「ハイデルベルヒ」は、昭和十五年(三十二歳）に書きましたのですから、八年前は、私の勘定ちがひのやうでございます。

井伏鱒二氏「解説（太宰の背景を語る）」の「ロマネスク」の項には、つぎのように記されています。

天沼一丁目にゐるころ三島に出かけ、やはり竹郎親分のうちの裏二階で書いた作品である。(略)「自叙伝全集太宰治」の年譜には、九年の「夏、伊豆三島に行つてロマネスクを書いた。」となつてゐる。しかし、十国峠の野桜が、まだ蕾もつけてゐなかつたのを私は覚えてゐる。芋の苗床がある上は、早春にちがひない。たぶん、早春から執筆にとりかかり、その間に二度か三度は東京にも帰つて来たりして、夏になつて三島で脱稿したものだらう。

しかし、昭和九年八月十四日付静岡県三島坂部武郎氏方よりの小館京氏宛絵葉書に、「こちらへ来ましてから、もう半月、経ちます。」とあり、さらに、昭和九年九月十三日付久保隆一郎氏宛書簡には、「私は先月末に三島から帰りました。」とありますから、やはり八月といえるのではないかと思います。「早春」、三島に行っていたという確認は、現在みられる資料ではできないように思います。それはともあれ「ロマネスク」は、「昭和九年」の八月に書かれたといえますし、また昭和九年の「晩秋」には、すでに脱稿していたといえるでしょう。

つぎに「逆行」は、小野正文氏「思い出の中に」（辻義一編『太宰治の肖像』楡書房、昭和二十八年十一月五日付発行）によれば、小野正文氏がはじめて太宰治に逢った日のこととして、つぎのように記されています。

太宰は「私のうちはお客様を歓迎するうちだから、」と誘った。大分、夜が更けていたが、私は随った。阿佐ケ谷で降りるまで、今度、はじめて「文藝」から正式に原稿を頼まれたことを心から嬉しそうに語った。雑誌社の記者は非常に慇懃なものであること、小説の構想は人間の一生を逆に死期から誕生まで書くのだ、と話した。／家へつくと玄関から大きな声で叫んだ。二階から奥さんののぞく顔が見え、太宰の後から私も階段をのぼった。私は何となく落ちつかない感じであったが、彼は檀一雄編輯の鵜を持って来て、自作、「葉」の冒頭の一節を声をたてて読みはじめた。感慨がこもっていて悲しい調子だった。どうだいいだろうという風に私の反応を求めたが、私は軽くうなづいただけで、言葉に出していえなかった。その鵜と、他に何冊かの同人雑誌を貰って、終電車に馳けつけた。／間もなく、「青い花」が発行された。同人の会合も新宿のモナミで何回か行われた。

「青い花」創刊号

おなじようなことが斧稜の筆名で発表された「太宰治の文学——青森県出身作家の人と作品——」にも、また「太宰治の思い出」（「解釈と鑑賞」第三十四巻第五号「二十世紀旗手・太宰治」昭和四十四年五月一日付発行）にも記されています。さて、「青い花」創刊号は、昭和九年十二月一日付発行です。しかし雑誌発刊の企画は、昭和九年九月中旬頃よりなされていたようです。九月十三日付、久保隆一郎氏宛書簡には、つぎのような言説がみられます。

実は私たちの会が中心になつて、この秋から、歴史的な文学運動をしたいと思つてゐるのですが、貴兄にもぜひ参加していただきたく、大至急御帰京下さい。まだ秘密にしてゐるのです。雑誌の名は「青い花」。ぜひとも文学史にのこる運動をします。

また、同年十月十六日付、久保隆一郎氏宛葉書には、「二十日の例会には、僕たち編輯委員だけが午後の三時までに檀君のところへ集ることになりました。」とあり、さらに、月日不詳山岸外史氏宛葉書には、つぎのような言説がみられます。

こんどの同人会は十一月十日に銀座山の小舎で午後七時からひらくことにいたしました。(略)「青い花」について原稿三枚内外。艸紙欄のくつろいだ原稿一枚。同人費五円。十一月十日までに、表記の編輯所へお送り下さい。

なお、『太宰治(日本文学アルバム15)』所載の「太宰がメモした『青い花』発行計画」によれば、「貯金。月一円(十月から)」と記されています。小野正文氏の記憶では、この初対面当日は「同人を推薦する会合」であったそうです。その記憶にまちがいがなければ、当日は昭和九年九月中旬頃、おそくとも十月中のことと考えられましょう。太宰治「文学の曠野に」(「小説新潮」第一巻第三号「吾が半生を語る」昭和二十二年十一月一日付発行)

にも、つぎのような言説がみられます。

私がまだ東大の仏文科でまごまごしてゐた二十五歳の時、改造社の「文藝」といふ雑誌から何か短篇を書けといはれて、その時、あり合せの「逆行」といふ短篇を送つた。それが二、三ヶ月後くらゐに新聞の広告に大きく名前が他の諸先輩と並んで出て、それが後日第一回芥川賞の時に候補に上げられました。

「二十五歳の時」というのは、昭和八年。これは、「二十六歳の時」のあやまりでしょう。その「二十六歳の時」、改造社の「文藝」から原稿依頼があり、「その時、あ、り、合、せ、の「逆行」といふ短篇を送つた。」という記憶にあ、や、ま、り、が、な、け、れ、ば、昭和九年九月中旬、ないしは十月頃の原稿依頼のあったときには、すでに書かれていたものといえましょう。そして原稿の送付は、「それが二、三ヶ月後くらゐに新聞の広告に」でたとすれば、昭和九年十、十一月頃といえましょう。さらに、「二十五歳の時」とあやまり記された原因を考えますと、「逆行」の裡の「蝶蝶」の、「老人ではなかつた。二十五歳を越しただけであつた。(略)二度、自殺をし損つた。そのうちの一度は情死であつた。三度、留置場にぶちこまれた。思想の罪人としてであつた。」という記述、および「十五年間」の裡の、「この紙袋《ぶくろ》の中の作品を、昭和八、九、十、十一とそれから、四箇《か》年のあひだに全部発表してしまつたが、書いたのは、おもに昭和七、八の両年であつた。ほとんど二十四歳《さい》と二十五歳《さい》の間の作品なのである。」という記憶が、ふかく関連するように思われます。いわば「逆行」は、これらの記述から推して、「二十五歳の時」の作品であっただろうと、私には思われるのです。が、それについてはいまはともあれ、10「逆行」の成立は、昭和九年「晩秋」までのことであったと、考えていいように思われます。

さらに「道化の華」は、「川端康成へ」によれば、つぎのように記されています。

三年前、私、二十四歳の夏に書いたものである。「海」といふ題であつた。友人の今官一、伊馬鵜平に読んでもらつたがそれは、現在のものにくらべて、たいへん素朴な形式で、作中の「僕」といふ男の独白なぞは全くなかつたのである。物語だけをきちんとまとめあげたものであつた。

「三年前、私、二十四歳の夏」というのを信ずるとすれば、「「海」といふ題で」まずこの作品が成立したのは、昭和七年の夏といえます。さらに「川端康成へ」には、つぎのような言説がみられます。

そのとしの秋、ジツドのドストエフスキイ論を御近所の赤松月船氏より借りて読んで考へさせられ、私のその原始的な端正でさへあつた「海」といふ作品をずたずたに切りきざんで、「僕」といふ男の顔を作中の随所に出没させ、日本にまだない小説だと友人間に威張つてまはつた。友人の中村地平、久保隆一郎、それから御近所の井伏さんにも読んでもらつて、評判がよい。元気を得て、さらに手を入れ、消し去り書き加へ、五回ほど清書し直して、それから大事に押入れの紙袋の中にしまつて置いた。今年の正月ごろ友人の檀一雄がそれを読み、これは、君、傑作だ、どこかの雑誌社へ持ち込め、僕は川端康成氏のところへたのみに行つてみる。川端氏になら、きつとこの作品が判るにちがひない、と言つた。

これによれば、「ジッドのドストエフスキイ論を御近所の赤松月船氏より借りて読んで考へさせられ」たのは、昭和七年の「秋」ということになります。したがって「「海」という作品をずたずたに切りきざんで、「僕」といふ男の顔を作中の随所に出没させ」る小説に、書きかえるのに着手したのは昭和七年の秋、と推定できるでしょう。だが、木山捷平氏「酔いざめ日記」の昭和八年二月九日の項には「月船氏今日かぎり「ミリオ」をやめる由。今は天沼二九五にあり。」とあり、「藝術新聞」第百九十九号(昭和八年三月二日付発行)の「転居一束」欄には「赤松月船氏　杉並区天沼一丁目二九五(移転)」とあり、また「藝術新聞」第二百二十八号(昭和九年五月三日付発行)の「転居」欄には、「赤松

月船氏　杉並区天沼一ノ二〇七に転居」とあります。「川端康成へ」の「御近所の赤松月船氏」という表記からいえば、「ジッドのドストエフスキイ論」を「読んで考へさせられ」たのは、昭和八年の「秋」かもしれません。太宰治の住所は、昭和七年九月、芝区白金三光町二百七十六番地に居住、昭和八年二月、杉並区天沼三丁目七百四十一番地に移転、昭和八年五月十四日、天沼一丁目百三十六番地に移転、とたどることができるからです。したがって、「三年前、私、二十四歳の夏」というのは、あるいは、「二年前、私、二十五歳の夏」と、訂正されるべきかもしれません。ともあれ、「「海」といふ作品をずたずたに切りきざんで、「僕」といふ男の顔を作中の随所に出没させ」る小説に書きかえるのに着手したのは、昭和八年の「秋」のように思われます。それができあがり、「友人の中村地平、久保隆一郎、それから御近所の井伏さんにも読んでもらつ」たわけですが、中村地平氏「「喝采」前後」（「太宰治全集第二巻月報2」筑摩書房、昭和三十年十一月二十日付発行）にも、つぎのような言説があります。

　それは僕が大学をでた直後、昭和八九年のころのことで、そのころの太宰はまだ健康であった。僕たち二人に今官一、あと一二名を加えて、僕たちは月に一度ずつ、中央線沿線の喫茶店にあつまって、原稿をよみあい、批評しあう会をつくっていた。その会に太宰がもちだしたのがたしか「道化の華」であったように記憶している。「道化の華」をかいたころ、太宰は荻窪に、僕は吉祥寺にすまっていた。荻窪には井伏鱒二さんをはじめ、その門下である太宰と伊馬春部さんとがおり、これらの人たちに会うために、僕は毎日のように吉祥寺から荻窪にでかけていった。

この中村地平氏の記憶に即していえば、「道化の華」を「その会に太宰がもちだした」のは、まず昭和八年四月から昭和九年十二月の間のことであった、といえましょう。この会の案内状が、たとえば昭和八年十二月十六日付久保隆一郎氏宛葉書に、「例の会合、今月二十日、午後一時に東中野駅前喫茶店異人館でやりませう。会費はコーヒー一杯代でいいと思ひます。ぜひ来て下さい。」とあります。ここで「例の会合」といっているところより、あるいはそれ以前から、すでにその会合がもたれていたかもしれぬとも考えられましょう。とすれば、それはいつごろからはじめられたものか、昭和八年七月十二日付久保隆一郎氏宛書簡に、「「海豹」はごたごたしてゐます。私は、やめようと思つてゐます。いやなこと許りであります。」とあり、木山捷平氏「太宰治」によれば、氏の日記の「昭和八年八月五日の項に」、「夜、「海豹」同人会。集るもの、大鹿卓、神戸雄一、新庄嘉章、塩月赳、小池旻、市林貞致、石浜三男、小生の八名。太宰君同人脱退の由きかさる。」とあるそうです。

したがって、「海豹」同人脱退後の、昭和八年八月以降にはじめられたもの、といえるように思います。明確にその「会合」のことを記した太宰治書簡は、さきの昭和八年十二月十六日付葉書が最初ですが、昭和八年十月三十日付久保隆一郎氏宛葉書には、「昨晩はしつれいいいたしました。」とあり、前後の事情から推して、私はおそくとも昭和八年十月頃にははじめられていたのではないか、と思っています。それはともあれ、なおさらに、十二月十七日付久保隆一郎氏宛葉書には、「二十日までにはすつかりなほつて、会へ出られるやうに祈つてゐます。」とあり、昭和九年一月二十二日付久保隆一郎宛葉書にも、「十八日朝より発熱。（略）十九、二十にいたるも熱さめず。今官一へ速達で二十日出席できぬわけを諸兄に伝へてくれるやうたのんだが、今官一、また、十八日より発熱、臥床の由。」とあり、昭和九年一月二十七日付久保隆一郎氏宛葉書には「昨夜はしつれい。今官一のところに病気見舞ひに行き、途中電車で中村地平と逢ひ、遊んでゐたのです。地平君の住所は左記。／東京府下武蔵野町吉祥寺一九二〇加藤三郎方／中村地平」とあります。そしてさらに昭和九年四月二十九日付久保隆一郎氏宛葉書にも、「例の会、五月六日（日曜）午後一時より拙宅附近のそばや二階にてひらきたく」とあり、昭和九年六月二十七日久保隆一郎氏宛葉書、同日付木山捷平氏宛葉書でも、「今月三十日午後七時より新宿帝都座地下室モナミ喫茶店」での、集会案内をだしています。したがって、「友人の中村地平、久保隆一郎、それから御近所の井伏さんにも読んでもらつ」たというのは、おそらく事実でしょう。この会がのち、「青い花」に発展することは、さきに引用した昭和九年九月十三日付久保隆一郎氏宛封書でおわかりでしょうが、中村地平氏「「喝采」前後」の記述によれば、「道化の華」を「太宰がもちだした」会は、「青い花」以前、いわば昭和九年九月中旬以前の会であったといえましょう。かくして中村地平氏の記憶、「道化の華」を太宰治がその会に「もちだした」のは、おそらく昭和八年十月から昭和九年八月までのことであった、といえるように思います。さらに、「御近所の井伏さんにも読んでもらつ」たのも、その間のことといえるのではないか、と思っています。その結果「評判がよ」く、それに「元気を得て、さらに手を入れ、消し去り書き加へ、五回ほど清書し直して、それから大事に押入れの紙袋の中にしまつた」のはいつか、不明ですが、これが昭和九年「晩秋」以降のことであると、断じうる確証はありません。しかし別の面からいえば、「道化の華」を書きあげた時点においては、「紙袋」はまだ太宰治の手元にあったといえましょう。とすれば、さきに引用した浅見淵氏との対談、「『晩年』前後」における檀一雄氏の、「昭和九年の晩秋の頃だったと思いますけれど、太宰と会ったとき、太宰から封筒を預かったのです。」

という発言と、「川端康成へ」の「今年の正月ごろ友人の檀一雄がそれを読み、」という記述をつきあわせると、「道化の華」の成立は「昭和九年の晩秋」から昭和十年「正月ごろ」までの間、といえそうです。なぜなら「道化の華」は、その時点においては『晩年』の裡の一篇であり、もし脱稿していたなら、檀一雄氏にわたさなかったはずはないだろうと考えられるからです。しかし、私はやはり、「海」を書きかえるのに着手したのが昭和七年秋とすれば、年月日的にいって「道化の華」は、おそくとも「昭和九年の晩秋」までには、成立していたように思います。したがって、さきに「川端康成へ」に関連してふれたように、「紙袋」が檀一雄氏によってもちかえられたのは、昭和十年の「正月ごろ」ではないかと思っているわけです。それはともあれ、さらに、たとえば「道化の華」書きだしの一節に、つぎのような言説があります。

大庭葉蔵。／笑はれてもしかたがない。鵜のまねをする烏。見ぬくひとには見ぬかれるのだ。よりよい姓名もあるのだらうけれど、僕にはちよつとめんどうらしい。いつそ「私」としてもよいのだが、僕はこの春、「私」といふ主人公の小説を書いたばかりだから二度つづけるのがおもはゆいのである。僕がもし、あすにでもひよつくり死んだとき、あいつは「私」を主人公にしなければ、小説を書けなかつた、としたり顔して述懐する奇妙な男が出て来ないとも限らぬ。ほんとうは、それだけの理由で、僕はこの大庭葉蔵をやはり押し通す。をかしいか。なに、君だつて。

文中、「僕はこの春、「私」といふ主人公の小説を書いたばかりだから」とありますが、「この春」とは、「道化の華」発表の昭和十年の「春」とは、考えられないように思います。なぜなら、この年の二月に「逆行」を発表していますが、その主人公の名称は「蝶蝶」が「老人」、「決闘」が「私」、「くろんぼ」が「少年」であって、「「私」といふ主人公の小説を書いた」という表現と、そぐわないからです。さらに、発表ではなく、「書いた」という表現から推して脱稿、と考えるにしても、この昭和十年の「春」には、のちにふれるような事情から一篇も書かれていない、と考えていいでしょう。では昭和十年でないとすれば、いつの「春」か、「道化の華」脱稿時点までに、書かれていたかもしれぬ「小説」で「私」といふ主人公の小説」といえるような「小説」には、「列車」「思ひ出」「玩具」などがあります。このうちまず「列車」は、小館善四郎氏「片隅の追憶Ⅰ――白金三光町――」、今官一氏「《海豹》前記――その創刊まで――」（「文藝」第十三巻第二十号「太宰治読本」昭和三十一年十二月十五日付発表）等に記された記憶から「「海」といふ作品をずたずたに切りきざ」む以前に書かれていた「小説」、と考えられます。また「玩具」は、「道化の華」

と同様「「私」といふ男の顔を作中の随所に出没させ」る小説であるところから、「道化の華」よりのちに執筆されたもの、と思われます。したがって、ここにいう「「私」といふ主人公の小説」とは「思ひ出」をさす、と考えられるように思います。さきにみたように、「思ひ出」は昭和八年の「春」に脱稿したものと思われ、そして、「海豹」昭和八年四月号から連載開始されたものです。またこの「思ひ出」と考えれば、「僕がもし、あすにでもひよつくり死んだとき、あいつは「私」を主人公にしなければ、小説を書けなかつた、としたり顔して述懐する奇妙な男が出て来ないとも限らぬ。」という危惧の理由も、首肯しうるように思います。さて「さらに手を入れ、消し去り書き加へ、五回ほど清書し直して」という「川端康成へ」の記述に即していえば、「道化の華」の「僕はこの春、「私」といふ主人公の小説を書いたばかりだから」というのは、書きあげられた時点からさほどかけはなれない時点でいわれているものと、考えられるように思います。この推定からいえば、「道化の華」は昭和八年内に書きあげられたもの、といえるようです。かくして「道化の華」は、やはり昭和九年の「晩秋」までに成立していたと、考えていいように思うのです。

さらに「猿ケ島」は、井伏鱒二氏「解説（太宰の背景を語る）」に記された記憶では、「この作品を書いたのはまだ天沼一丁目にゐたころだらう」というのですから、船橋転居後の作ではない、と考えておくほうがいいでしょう。
「玩具」「雀こ」はまったく不明ですが、この二作品の所載誌「作品」は「昭和十年七月一日発行」であり、「川端康成へ」によれば、つぎのような言説があります。

そのうちに私は小説に行きづまり、謂はば野ざらしを心に、旅に出た。それが小さい騒ぎになつた。／どんなに兄貴からののしられてもいいから、五百円だけ借りたい。さうしてもういちど、やつてみよう、私は東京へかへつた。（略）私はさつそく貸家を捜しまはつてゐるうちに、盲腸炎を起し阿佐ヶ谷の篠原病院に収容された。膿が腹膜にこぼれてゐて、少し手おくれであつた。入院は今年の四月四日のことである。（略）私は切開した腹部のいたみで、一寸もうごけなかつた。そのうちに私は肺をわるくした。意識不明の日がつづいた。医者は責任を持てないと、言つてゐたと、あとで女房が教へて呉れた。まる一月その外科の病院に寝たきりで、頭をもたげることさへやうやうであつた。私は五月に世田谷区経堂の内科の病院に移された。ここに一ヶ月ゐた。七月一日、病院の組織がかはり職員も全部交代するとかで、患者もみんな追ひ出されるやうな始末であつた。（略）千葉県船橋の土地へ移された。

このような事情から、書かれたのは、すくなくとも昭和十年二月までのことと、いえる

「作品」(「玩具」「雀こ」収録)

ように思います。さらにこのような状況から推して、「玩具」「雀こ」が「作品」に掲載されたのは、「友人達の奔走に依」ってであり、したがって昭和十年「正月ごろ」、檀一雄氏によってもちかえられた「紙袋」の裡の一篇であっただろう、と推定できるように思います。

ともあれ、昭和九年の「晩秋」以降に発表された「ロマネスク」「逆行」「道化の華」「玩具」「雀こ」「猿ケ島」等の作品が、昭和九年の「晩秋」以降に書かれた作品であるという、確証はないように思われます。かくして、「東京八景」の記述に即していえば、昭和九年の「晩秋」に書きあげられた「十四篇」とは、まず「列車」「魚服記」「思ひ出」「葉」「猿面冠者」「彼は昔の彼ならず」「ロマネスク」「蝶蝶」「決闘」「くろんぼ」「道化の華」「玩具」「雀こ」「猿ケ島」の作品をさす、と推定することができるように思うのです。

しかしこれだけの考証で、「十四篇」を決定してしまうには、なお不安に感じられることが、二、三あります。まずそれは、はたして「陰火」が昭和九年晩秋以降に書かれたものであるかどうか、ということです。「陰火」は、昭和十年八月三十一日付今官一氏宛封書に、「来月、十月号には、「文藝春秋」「文藝」「文藝通信」と三つに書いた。(略)／「文藝」のは、君、まへに読んだことのある原稿だが、「文藝春秋」のは、新しく書いたものだ。四十枚といつて来たのに六十枚送つてやつた。」とあります。この「文藝」のが、のちとりかえして、「文藝雑誌」昭和十一年四月号に発表された「陰火」です。では書中の、「まへに読んだことのある」の「まへ」とはいつかといえば、そのおなじ封書に、八月二十一日佐藤春夫氏をたずねた報告をしていますから、それ以前であることはたしかでしょう。とすれば、「あの紙袋の中の作品も、一篇残さず売り払つてしまつた」のが、昭和十年八、九月頃とするなら、この「陰火」も、その頃すでに「売り払」われていたと、考えるべきではないかということです。ではもしこの「陰火」も、昭和九年「晩秋」までに書きあげられていた、と考えられるなら、「十四篇」とはどう考えるべきだろうか。さきの「十四篇」に「陰火」を加えれば十五篇となり、もし「逆行」を一篇と考えるとすれば「陰火」を加えて十三篇となり、「逆行」を一篇と考え、「陰火」を「誕生」「紙の鶴」「水車」「尼」の四篇と数えるとすれば十六篇となり、「逆行」「陰火」を各一篇と考え、「ロマネスク」を

「仙術太郎」「喧嘩次郎兵衛」「嘘の三郎」の三篇と数えるとすれば十五篇となり、いずれにしても数が一致しません。考えられるとすれば、「ロマネスク」一篇、「逆行」一篇と数え計十二篇に、「陰火」四篇の裡のいずれか二篇を加えて十四篇とすること、くらいのように思われます。こう考えてみれば、「陰火」はやはり「十四篇」の裡にふくまれていない、と考えるのが妥当なようにも思われます。では「十四篇」の裡にふくまれないとしたとき、「陰火」はすでに「売り払」われていたかもしれぬことは、どう考えるか。つまり「陰火」は、「文藝」十月号への註文であったわけですから、おそくとも昭和八年八月末には、「文藝」発行所改造社に送られていたわけです。それについてはたとえば、実際には翌昭和十一年三月号までに「文藝」には掲載されず、結局は「とりかへして」、「文藝雑誌」四月号に発表されたものです。したがって「陰火」は、当時の太宰治の意識にとって、「売り払つてしまつた」というものではなかった、といえるかもしれません。しかしこう考えても、昭和十年八、九月頃「一篇残さず売り払つてしまつた」という記述とは、なお一致しないことになります。つまり、昭和十年八月二十一日には、「陰火」はすでに書きあげられているのですから、昭和十年八、九月頃に、「一篇残っている」ことになります。「東京八景」の記述が事実であると仮定するなら、「陰火」はやはり、「十四篇」の裡の一篇と考えるのが妥当でしょう。さらに、この頃の状況をみますと、昭和十年八月十三日付小館善四郎氏宛葉書に、「「文藝春秋」から十月号の註文来た。「文藝」からも十月号に採用する由手紙来た。」とあるところより、八月十日すぎ、「文藝春秋」と同時に註文を受けたものと、思われます。さらに八月三十一日付今官一氏宛封書では、さきに引用したように記されているのです。「文藝春秋」の「ダス・ゲマイネ」は、「新しく書いたもの」といっているわけですが、その紙数が「六十枚」、と記されているところより、八月三十一日にはすでに発送されていたと思われます。「文藝通信」のは「川端康成へ」ですが、これもさきにふれたように、おなじ頃書かれおなじ頃送られたものと、考えられます。そして「文藝」のが「陰火」ですが、これもまたさきにみたように、「君、まへに読んだことのある」の「まへ」とは、八月二十一日以前であることは、たしかと思われます。が、さらに、八月十三日付小館善四郎氏宛葉書には、すでに「二十日すぎに佐藤春夫のところへ行く。」と記されているところより、註文を受けたとき、「佐藤春夫のところへ行く」ことはわかっていたと思われます。かくして今官一氏にいう「まへ」とは、それより以前、「文藝」より註文をうける以前であったと考えられます。いわば「陰火」は、「註文が来」る以前にすでに書きあげられていた、「旧作」であったといえるでしょう。では、「旧作」とすれば、いつごろ書かれた「旧作」であるのか、それは不明です。あるいは七月一日船橋転居後の作であるのか、あるいはそれ以前の作であるのか、確証はありません。しかし「川端康成へ」によれば、「七月一日（略）千葉県船橋の土地へ移された。終日籐椅子に寝そべり、朝夕軽い散歩をする。一週間に一度づつ東京から医者が来る。その生活が二ヶ月ほどつづい」たと記され、八月三十一日付今官一氏宛封書でも、「肺のはうは、もうすつかりいいのだが、酒をやめ、たばこをやめ、一日一杯ひとりで籐椅子に寝てゐては、君、ヒステリイになるのがあたりまへではないか。」と記されています。このような生活状況から推して、「陰火」はやはり、今官一氏が「太宰治と船橋」でいわれるように、「旧作をそのまま発表したもの」、船橋への転居前の作品といえるように思います。さらに、さきに「玩具」「雀こ」に関連してふれた生活状況から推せば、この「陰火」も、昭和十年「正月ごろ」檀一雄氏によってもちかえられた「紙袋」の裡の一篇であった、と推定するほうが妥当なように思います。昭和十年十月までに、太宰治の発表した小説、随想をあげてみますと、二月「逆行」、五月「道化の華」、七月「玩具」「雀こ」、八月「もの思ふ葦」（「日本浪曼派」第一巻第六号、昭和十年八月一日付発行）「今月の便り」（「文藝」第三巻第八号、昭和十年八月一日付発行）、九月「猿ケ島」、十月「もの思ふ葦（二）」（「日本浪曼派」第一巻第七号、昭和十年十月一日付発行）「ダス・ゲマイネ」「川端康成へ」「盗賊」となります。うち、昭和十年七月までは、すべて旧作の発表と思われます。あたらしく書いたものとしては、八月「もの思ふ葦」「今月の便り」、十月「もの思ふ葦（二）」「ダス・ゲマイネ」「川端康成へ」となりますから、当時の生活状況から推して、「陰火」はやはり、「旧作をそのまま発表したもの」と推定するほうが、妥当なように思うのです。なおさらに、「陰火」の表現内容から推せば、太宰治「二十五歳」、昭和八年の作品と、推測できるように思われます。が、ともあれ「陰火」は、昭和九年「晩秋」に書きあげられた、「十四篇」の裡の一篇であったろうと、推定できるように思います。

さらにいまひとつ、不安に感じられることがありますが、それは、「逆行」を一篇と考えず三篇と考え、「ロマネスク」はなぜ三篇と考えず一篇と考えるのか、という問題です。これも決定的な論拠は、考えられないように思います。「ロマネスク」は昭和九年八月に成立していたと推定できますが、「逆行」もおなじく昭和九年九月中旬ないしは十月頃の原稿依頼のあったときには、すでに書かれていたものと、推定されます。したがって成立は、「逆行」のほうがさきであったかもしれないのです。考えられることとしては、「逆行」を「蝶蝶」「決闘」「くろんぼ」の三篇で一篇とするかどうか、未定であったので「三篇」という数え方をしたのではないか。それが未定であったことは、のちに「盗賊」を加えて一篇の「逆行」としたことからもそういえるのではないか、ということくらいのように思われます。しかし、この論法も、小野正文氏「思い出の中に」の、「逆行」の構想は「人間の一生を逆に死期から誕生まで書くのだ」と話されていたという記憶に即していえば、すくなくとも三篇で一篇の作品、と意識されていたと、考えておくほうが妥当でしょう。さらにこれに関連して、「盗賊」をめぐる問題があります。「盗賊」は、昭和十年十月七日付発行の「帝国大学新聞」に発表されたものです。「東京八景」にいう「あの紙袋の中の作品も、一篇残さず売り払つてしまつた。」のが昭和十年八、九月頃と推定されるなら、この「盗賊」も「売り払つてしまつた」作品にふくまれはしないかという問題が、まずあります。これについて「東京八景」では、「その頃の文壇は私を指さして、「才あつて徳なし。」と評してゐた」といっているだけですから、この「盗賊」の成立が、「その頃」にふくまれないという根拠は、ないように思われます。かくして、「盗賊」も昭和九年の「晩秋」に成立していた作品、といえるように思うのです。もしそういえるとすれば、この「盗賊」は「逆行」の裡の一篇であるのか、または、「逆行」とは別の一篇であるのかという問題が、当然考えられなければなりません。これについては、たとえばつぎのようなことが、考えられるように思います。「逆行」は昭和十年二月一日付発行の「文藝」に発表されましたが、その「文藝」からの原稿依頼があったのは、昭和九年九月中旬ないし十月頃と推定されます。そのとき、「逆行」はすでに書きあげられており、はじめての商業誌からの依頼でもあり、速刻改造社宛発送されたように思われます。つまり原稿送付は、昭和九年の秋と推定できるように思われます。とすれば、「盗賊」はそれ以後、「晩秋」までに書かれたものと、推定することも可能です。いわば昭和九年の「晩秋」「どうやら書き上げた」時点においては、「逆行」はすでに一篇の作品として改造社に送られており、その後に、「盗賊」が一篇の作品として別に成立したのかもしれません。もしそうであれば、その時点においては「盗賊」も一篇の作品として意識されていた、と考えられないこともありません。しかしまた逆に、「逆行」が一篇の作品として改造社に送られたとき、「盗賊」もまたすでに成立しており、その時点においては「逆行」は三篇で一篇、「盗賊」は「逆行」とは別の一篇として、意識されていたと推定することも可能です。ともあれ、『晩年』編集の時点では、「盗賊」は「逆行」の裡の一篇として意識されていたでしょうが、昭和九年「晩秋」の時点では、かならずしも、「逆行」の裡の一篇として意識されていたとは、断言できないように思います。

かくして問題は、「東京八景」の記述にみられる意識が、昭和九年「晩秋」の時点における意識に即した意識であるか否かということに、しぼられてきます。もし「東京八景」の記述にみられる意識が、昭和九年「晩秋」の時点における作者の意識に即した意識であるなら、「盗賊」を一篇と数え、「十四篇」は「列車」「魚服記」「思ひ出」「葉」「猿面冠者」「彼は昔の彼ならず」「ロマネスク」「逆行」「道化の華」「玩具」「雀こ」「猿ケ島」「盗賊」「陰火」をさすとする、推定も可能なように、思います。が、「東京八景」には、「そのとしの晩秋に、私は、どうやら書き上げた。二十数篇の中、十四篇だけを選び出し、あとの作品は、書き損じの原稿と共に焼き捨てた。」と記されているだけです。ここに、「逆行」を一篇、「盗賊」を別の一篇とする意識を指摘することは、困難なように思われます。そのような、読者に通じがたい篇数として、「十四篇」が記されているようには思われません。これはやはり、『晩年』に即した意識、いわば『晩年』収載の十五篇中「十四篇」を昭和九年の「晩秋」に「どうやら書き上げた」、という意味の「十四篇」と、考えておくほうが妥当でしょう。かくして「盗賊」は、やはり「逆行」の裡の一篇と考えておくほうが、いいように思われます。しかし、こう考えた場合は十三篇となり、「東京八景」の記述となお合致しません。

では、「東京八景」の記述、虚構性をはらむ記述であるのだろうか。もし虚構性をはらむとすれば、どう考えられるか。このような自伝的小説の場合、記憶上のあやまりは別として、虚構的記述をする際にはそれ相応の理由がなければならないでしょう。作品の表現効果上、あるいは実生活上の不都合等々が、考えられなければなりませんが、この「東京八景」の篇数「十四篇」とは、とくに表現効果上の考慮による数とは、考えがたいように思われます。とすれば、実生活上の不都合、さきに引用した昭和十一年八月七日付津島文治氏宛封書が、やはり重要な意味をもつのではないかと、一応考えてみなければなりません。すなわち、「「めくら草紙」を除き、他は皆、二十五歳以前の作品」というのですが、そういう理由は「「晩年」の中に、五、六ヶ所、浅い解釈、汚いひがみがきつとございますでせう」というわけですから、この「十四篇」は「めくら草紙」を除いた篇数で、長兄ないしはその周辺の人々を意識した虚構、と考えられないこともないでしょう。しかしもしそうとすれば、「地球図」が、昭和九年以降に成ったと長兄に思われては、不都合な記述をふくむのでなければなりません。が、「地球図」には、そのような記述はいっさい指摘できないようです。つまり、実生活上の不都合という問題も考えがたく、いわば「十四篇」という篇数には、虚構的記述をしなければならぬ理由は、考えがたいと思われます。かくして、以上「地球図」「めくら草紙」を、船橋転居後の作と前提した上で種々考察してみたわけですが、最後に、「地球図」の問題を再検討してみなければなりません。

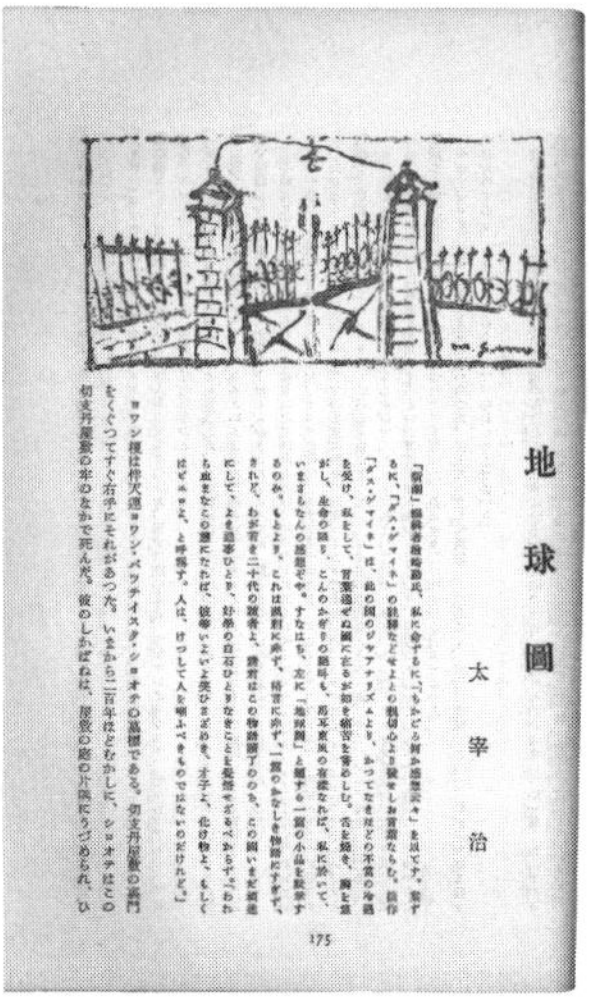
地球圖

太宰治

175

「地球図」（「新潮」所収）

さてさきに「地球図」を、一応船橋転居後の作とした根拠は、昭和十年十月二十二日付小館善四郎氏宛葉書に、「このごろ工合ひわるく、「新潮」の小説、筆記してもらひたく、二十六日（土曜）来て下さい。徹夜《てつや》でやってしまひたいと思ってゐます。」とあり、全集註記に「「新潮」の小説」を「地球図」と、記されていたからです。しかし、この全集註記、あるいはあやまっているかもしれません。たとえば、昭和十年十一月付（日附不詳）酒井真人氏宛封書には、つぎのような言説があります。

新潮正月号所載、私の創作、「めくら草紙」をお読み下さい。（十二月号のものに非ず）秋の寝ながらの独白をひとに書きとらせて居る最中に、あなたからの、美しい義憤あらはれたるお手紙が来たのだ。

この酒井真人氏宛封書によれば、小館善四郎氏宛葉書にいう「「新潮」の小説」とは、「地球図」ではなく「めくら草紙」と考えることもできます。「地球図」「めくら草紙」ともに、「新潮」に発表された「小説」であって、ともに「「新潮」の小説」といえるわけです。さらに、「地球図」所載誌「新潮」十二月号は、「昭和十年十一月十日印刷納本」であり、「めくら草紙」所載「新潮」新年特大号は、「昭和十年十二月十日印刷納本」です。この「印刷納本」日から推せば、十月二十二日付小館善四郎氏宛葉書にいう「「新潮」の小説」は、「めくら草紙」と考えることもできるでしょう。十月二十六日「徹夜でやつてしま」えば、「十一月十日印刷納本」の原稿として、まったくおかしい、ということはないかもしれません。しかし、「徹夜でやつてしまひたい」というのは、締切日にせまられた表現というより、「やつてしまひたい」という表現から推して、締切日まではまだ間があるが、そのとき、かたずけてしまっておきたい、という心情で記された表現と、考えられるように思います。楢崎勤氏「いやな世の中でしたでせう」（「文藝時代」第二巻第六号「特集・思ひ出の太宰治」昭和二十四年七月一日付発行）には、つぎのような言説があります。

私は、年に二回は、判をおしたやうに、「新潮」に原稿を依頼した。太宰氏はよろこんで引受けた。断られたこともなければ、期日も遅れなかつた。まだ方々の雑誌に執筆しない時からの、ヒイキであつた。私の太宰ビイキは、太宰氏も、よくよく承知してゐてくれた。
また「太宰さんのこと」(「太宰治全集第二巻月報2」筑摩書房、昭和三十年十一月二十日付発行)でも楢崎勤氏は、つぎのように記されています。

年に一度か二度、小説の寄稿をもとめる手紙を出すと、貴下の厚情は忘れられないので、他から頼まれてゐる原稿は、たとへ素つぽかしても、かならず期日までに書きます、といふ返事をもらつた。そして、太宰さんはそれを実行してくれた。私は編集者冥利に尽きるおもひであつた。太宰さんは、このやうに誠実なひとであつた。

さらに「わが昭和文壇史(承前)——新潮編集二十年の記——」(「東北文学」第四巻第三号、昭和二十四年三月一日付発行)でも同様のことを記されています。「新潮」十二月号への原稿依頼は、「まだ方々の雑誌に執筆しない時」、「文藝」昭和十年二月号、「文学界」九月号、「文藝春秋」十月号と作品を発表し、やっと文壇登場の気運をつかんだ矢先のこと、「新潮」からはじめての原稿依頼であったわけです。おそらくいますこしはやく、「地球図」は「新潮」に発送されていたでしょう。楢崎勤氏「編輯・校正・執筆」(『わが小説修業』厚生閣、昭和十四年十月十八日付発行)によれば、「私の仕事は文学雑誌の編輯なので依頼した原稿がそろ〳〵集まり出して来る、月の二十二、三日から、校了になり、新聞広告の割註を書き上げてしまふ月の始めの十日頃までは何かしら、朝から夕方まで精神的にも肉体的にも仕事に追ひまくられてゐるやうで、気がひどく落着かない。（中略）月の廿五、六日から、月の七日頃までは校正を見る。」とあります。したがって、「依頼した原稿がそろ〳〵集まり出して来る」のが「月の二十二、三日」頃、「校正を見る」のが「月の廿五、六日から、月の七日頃まで」、印刷納本が「月の始めの十日頃まで」ということであったのだと思われます。かくして十月二十六日「徹夜でやってしまひたい」といっている「「新潮の小説」の全集註記「地球図」は、「めくら草紙」のあやまりであろうと、推断することが可能です。が、さらに、「新潮」所載の初出「地球図」にはまえがきがついていますが、それには、つぎのようにあります。

「新潮」編輯者楢崎勤氏、私に命ずるに、「ちかごろ何か感想云々」を以てす。案ずるに、「ダス・ゲマイネ」の註釈などせよとの親切より発せしお言葉ならむ。拙作「ダス・ゲマイネ」は、此の国のジャアナリズムより、かつてなきほどの不当の冷遇を受け、私をして、言葉通ぜぬ国に在るが如き痛苦を嘗めしむ。舌を焼き、胸を焦がし、生命の限り、こんのかぎりの絶叫も、馬耳東風の有様なれば、私に於いて、いまさらなんの感想ぞや。すなはち、左に「地球図」と題する一篇の小品を黙示するのみ。

これに対し檀崎勤氏「太宰治氏への手紙」(「文藝時代」第一巻第八号「太宰治追悼特集号」昭和二十三年八月一日付発行)には、つぎのような言説が見られます。

私があなたの「ダス・ゲマイネ」を第一回芥川賞(そのとき石川達三氏の「蒼氓」でした)の次席作として、高見順氏の「故旧忘れ得べき」とともに見出したときの驚異——新しい文学がここにあつた! といふ驚きと敬意といふものは言語のほかでした。あなたへの手紙を書かうといふ気持になつたのも、実は「ダス・ゲマイネ」をはじめて読んだときの興奮が、——巧みな話術の舌におどる、馬場といふ青年の異常性格にこころひかれた、その興奮が泉のやうに私の数多くよんだ小説のなかのうちで、記憶の底ににじみ出てきたからでした。

「ダス・ゲマイネ」所載誌「文藝春秋」は、「昭和十年九月十八日印刷」納本ですから、檀崎勤氏からの「新潮」十二月号への註文は、昭和十年九月末頃のことと、考えておいていいでしょう。なおさらに檀崎勤氏「太宰さんのこと」によれば、つぎのような言説がみられます。

記憶が遠のいてしまひ、はつきりした日時を思ひ出せないが、はじめて太宰さんに原稿を依頼したのは、同人雑誌『青い花』であつたか、保田与重郎、中村地平、亀井勝一郎氏らを同人とする『日本浪曼派』であつたかに載せてゐた断章風の感想に、深くこころ惹かれてであつた。太宰さんは折返し、感想ではなく小説を書かしてはもらへないか、誓つて、世間をあつと驚かせる傑作を書くから、といふ返事であつた。それからといふもの、毎日のやうに、いま何枚まで書けた、素晴らしいもので、「新潮」に、この作品が載つたら、貴下の名誉になります、といふやうなことを、速達便でいつてくるのであつた。長い編集者生活のあひだに、このやうに自作について、満々たる自負と自信ある言葉をいつてのけるひとを、私は知らなかつた。しかし、私は太宰さんの言葉を微笑と好感のうちにうけいれた。そして、ひとりの天才的作家を、いち早く発見し、大方に紹介するといふ編集者だけのもつよろこびと、矜持の情をおさへることが出来なかつた。

ここで楢崎勤氏のいう、「深くこころ惹かれ」た「断章風の感想」とは、「日本浪曼派」所載「もの思ふ葦」「もの思ふ葦（二）」などをさすと思われます。「青い花」には、「断章風の感想」は所載されていません。小説「ロマネスク」と、「青い花・同人」欄に「青井はな」の筆名で、「かくれんぼ」と題する戯作の詩をのせているだけです。したがって、「日本浪曼派」所載「もの思ふ葦」をよみ「深くこころ惹かれて」、「ちかごろ何か感想云々」と注文したものでしょう。その注文のとき、あるいはそれから間もないころ、楢崎勤氏は書簡で、「ダス・ゲマイネ」にふれたものと思われます。これに対し太宰治は、「折返し、感想ではなく小説を書かしてもらへないか」という「返事」をよこしたとのことですが、これは「地球図」まえがきから推して事実と考えられましょう。そのあと、「毎日のやうに、いま何枚まで書けた、素晴らしいもので、「新潮」に、この作品が載つたら、貴下の名誉になります、といふやうなことを、速達便でいつてくるのであつた。」ということですが、これもまた、私は事実であろうと思います。ではそうすれば、「地球図」は船橋転居後の作、ということになりますが、しかし私は、「地球図」はやはり「旧作」であって、楢崎勤氏宛「速達便」は、「新作」であることを強調するための演技ではなかったか、さらにいえば、「旧作」の改竄状況の報告ではなかったか、と思っています。しかし、この推測には、確定的な根拠はありません。ただ、「新潮」十二月号への註文が九月末頃のこととすれば、「盗賊」の場合と同様、「売り払つてしまつた」作品にふくまれるであろうと思われますし、またこの「地球図」を加えなければ、「東京八景」にいう「十四篇」の篇数に合致させうる方法がないということ、さらに、「『晩年』前後」で檀一雄氏が「私がもらったものは確実に『晩年』であって、『晩年』そのままです。」といわれていますが、かく『晩年』そのまま」と檀一雄氏に記憶されている、ということに即していえば、「地球図」も昭和十年の「正月ごろ」檀一雄氏によってもちかえられた「紙袋」の裡の一篇であったろうと思われる、というようなことが根拠といえば根拠です。要するに、「東京八景」の記述がもし事実であるとするなら、以上の考察から、この「地球図」を加えて「十四篇」、ということであろうと思うのです。では「東京八景」の記述、事実であるのか否か、ということが問題になりますが、これもまた、確証はあげられません。しかし、「東京八景」の記述、その前後にかなり多くの事実に即した記述がみられるということ、また、さきに引用した昭和十一年八月七日付津島文治氏宛封書の、「「めくら草紙」を除き、他は皆、二十五歳以前の作品」という記述、およびそれに照応する「十五年間」の、「この紙袋《ぶくろ》の中の作品を、昭和八、九、十、十一とそれから四箇《か》年のあひだに全部発表してしまつたが、書いたのは、おもに昭和七、八の両年であつた。ほとんど二十四歳《さい》と二十五歳《さい》の間の作品なのである。」という記述等から推して、私は「地球図」は「旧作」であり、「東京八景」の記述は事実であるように思うのです。ともあれ、結論として――「東京八景」にいう昭和九年の「晩秋」に書きあげた「十四篇」、昭和十年八、九月頃「一篇残さず売払つてしまつた。」のがもし事実とするならば、その「十四篇」とは、「列車」「魚服記」「思ひ出」「葉」「猿面冠者」

「彼は昔の彼ならず」「ロマネスク」「逆行」「道化の華」「玩具」「雀こ」「猿ケ島」「地球図」「陰火」をさす、と推定しうるように思います。さらに「川端康成へ」および檀一雄氏の「小説太宰治」の記述に即していえば、翌昭和十年「正月ごろ」、「「晩年」は状袋の儘」檀一雄氏が預ったということになり、そして書名「晩年」も、その頃すでに決定されていたといえるようです。

かくして、「東京八景」の記述に即していえば、まず「十四篇」からなる作品集『晩年』が、昭和九年の「晩秋」に「どうやら書き上げ」られたわけですが、しかしこの「十四篇」が、真の『晩年』の成立でないことはもちろんです。真の『晩年』の収載作品が、完全に成立したのはいつかということは、最後に書かれた作品はどれか、ということから問題がはじまりますが、これは「めくら草紙」と考えておいていいでしょう。この「めくら草紙」には、昭和十年「八月末」のことが記されていますから、書かれはじめたのは昭和十年九月以降、そして、昭和十年十一月末日にはすでに完成していた、といえるでしょう。十一月三十日付浅見淵氏宛葉書には、つぎのような言説があります。

先夜はわざわざおいで下さいましたのに、充分のおもてなしもできず、恥かしく思ひます。先夜お持ち帰りの、「晩年」の原稿のうち、「地球図」(六号のまへがき全部消して十七枚）「思ひ出」（八十枚）「陰火」（三十八枚）以上三篇欠けて居ります。御用の折は、送れと言つてください。すぐお送りいたします。

この浅見淵氏の太宰治宅訪問の際、「めくら草紙」の原稿はすでに浅見淵氏によって持ち帰られています。浅見淵氏「『晩年』時代の太宰治」にも、「最初の訪問の時、「晩年」の原稿は既に揃へられてゐて」と記されています。しかしさらに、さきの小館善四郎氏宛葉書が、「めくら草紙」の筆記依頼であったとするなら、十月二十六日から書かれはじめ、それにちかい頃すぐに完成して「新潮」に発送されたと、推定することができるでしょう。「めくら草紙」所載誌「新潮」新年特大号は、「昭和十年十二月十日印刷納本」されていますから、おそくとも、十一月末には完成していたと、いえるように思います。かくして、『晩年』収載の作品がすべて完成したのは、昭和十年十月末から十一月末までの間であったと、推定することができるように思います。

Ⅲ『晩年』刊行にいたる経緯

さてつぎに、これらの「小説」を集成して、「太宰治第一短篇小説集」の『晩年』として刊行されるにいたるのは、いかなる経緯によってであるかをたどってみようと思います。これについては、まず檀一雄氏が登場します。檀一雄氏「小説太宰治」は、太宰治との出逢いの場面の描写からはじまっていますが、そのあとつぎのような言説がみられます。

昭和八年の、何月のことだつたか、今思ひおこせない。私が古谷綱武と知合になつてから、やうやく十日目ぐらゐのことだつたらう。／実は、古谷にすすめられて太宰の作品を、二つだけ読んでゐた。／作品は「魚服記」と「思ひ出」の二篇である。「魚服記」は「海豹」に載つたもの。「思ひ出」は同じく「海豹」に分載されたものを切取つて厚紙で表紙をつけ、それに少女雑誌の挿絵風に可憐な薔薇が一輪描かれてあつた。／(略)／古谷はこの「思ひ出」と「魚服記」、それから尾崎一雄の「暢気眼鏡」木山捷平の「父の手紙」中村地平の「木つつき」中谷孝雄の「雑草」浅見淵の「コップ酒」長崎謙次郎の「雷霆」大鹿卓の「蕃婦」、これだけを私に是非読んで見よ、と云つてゐた。／みなそれぞれ面白いものだつたが、別して私は太宰の作品に心惹かれた。作為された肉感が明滅するふうのやるせない抒情人生だ。文体に肉感がのめりこんでしまつてゐる。／「太宰に会ひたいんだけど」と私は躊躇なく古谷に云つた。

さきに引用した浅見淵氏「『晩年』の初版について」でわかるように、この檀一雄氏が、太宰治『晩年』の上梓を砂子屋書房に申しこんだわけです。檀一雄氏「小説太宰治（続）」にも、つぎのような言説があります。

おそらく太宰は自殺を選ぶだらう。だから、何としても、「晩年」を今の中に上梓しておきたいと思つた。大きい封筒に入れられた儘、「晩年」の原稿は、早くから私が預かつてゐたからである。／折から、浅見淵さんが、砂子屋書房に関係して、新しい出版を始めると云ふことを聞いてゐた。店主の山崎剛平氏は、尾崎（一雄）さんを通じて知つてゐるし、尾崎さんも顧問格だ。是非とも嘆願してみようと思ひ立つた。／浅見さんは、桜木町から本郷の方に抜ける谷の中にゐた。訪ねると在宅である。／（略）浅見さんは、温厚に肯づくだけのやうだつた。それから二人は、桜木町の山崎剛平氏の家に出かけていつた。／（略）／話しは思ひがけず順調に運んでいつた。浅見さんも尾崎さんも異存がないふうである。しかし、果して売れるだらうか、といふことは、誰もが問題のやうだつた。私は繰りかへし、太宰の生命がもう長くないことを露骨に云つて、恐らく採算がとれるだらうことを裏書きした。

浅見淵氏「佐藤春夫と太宰治　作品「芥川賞」に関聯して」(「早稲田大学新聞」第五十六号、昭和十一年十一月二十五日付発行)によれば、つぎのように記されています。

僕が直接太宰治と交渉をもつやうになつたのは、その頃僕が関係してゐた出版書肆から太宰治の処女創作集「晩年」を出すことになり、僕が檀一雄君に頼まれてその橋渡しの役を引受けたり、出版の免倒をみるやうになつてからである。ところでなぜ僕が「晩年」の出版に尽力したかといふと、太宰治の作品が稟質的にも時代的にも新しくそして異色に富んでゐることゝ、行文が稀にみる流麗であることからだつた。同時に、ひどい自意識過剰と、近代的虚無から出発してゐる彼の藝術が、矢張りそれらに悩まされてゐるいまの多くの青年たちのあひだに、かならずや歓迎されるにちがひないといふ確信があつたからである。だが一脈の時代的同感はあつたが、僕自身は決して太宰治の藝術にたいして血脈的な近似性を感じてゐる訳ではなかつた。血脈的には反つて遠いところから、斯ういふ藝術は僕にとつて驚きであり、珍らしかつたまでゞある。

さらに浅見淵氏「『晩年』の初版について」によれば、つぎのように記されています。

太宰治とは、彼がまだ東大の角帽を冠り、制服の金ボタンを光らして歩いている時から、古谷綱武に引き合わされてぼくは面識があった。また、当時にあっては前衛的異色のあった彼の作品も、いくつか読んでいた。で、前衛的な創作集が加わるのも面白いと思って、早速承知した。といって、太宰治が死ぬだろうなどとは、夢にも思わなかった。単なる檀君の売り込みのキャッチ・フレーズに過ぎないと聞き流していた。だが、太宰治は戦後になって爆発的人気を得たが、当時、ぼくは不敏にしてそんな人気作家になろうとは、いささかも考えていなかった。変り種の作家と、見ていたにとどまる。

かくしてともあれ、『晩年』の出版が決定したのですが、この、檀一雄氏が浅見淵氏の家をたずねたのは、いつのことか。浅見淵氏「『晩年』の初版について」の、「トップ・バッターとして起用した『鶉の物語』を印刷屋に廻したばかりのところ」、というのを信じるならば、昭和十年十一月ではないかと思われます。外村繁氏『鶉の物語』は、昭和十一年二月十五日付発行、昭和十一年二月二十二日には、柳橋「二葉」で出版記念会がもたれています。しかし浅見淵氏「創業の頃」(「文筆」五週年記念随筆特輯号、昭和十五年十月三十日付発行)によれば、つぎのような状況だったようです。

第一創作集は僕が下選びをして外村繁、仲町貞子、太宰治、尾崎一雄、の順で出すことになり、外村の「鶉の物語」が先づその翌年の二月の中頃に出た。これはもつと早く出す予定であつたのだが、印刷屋が不慣れと年末年始に掛かつたためひどく遅らしたのである。しかも、製本屋がペイヂを間違へて製本し、そのために一そう遅れたのである。その遅れたことで、また酷い目に逢ふことになつたのだ。

そして、砂子屋書房発行の「文藝雑誌」創刊号(昭和十一年一月一日付発行)の「目次」裏には、すでに「小説集鶉の物語/外村繁著」の広告が所載されています。それには、「内容目次」として「鶉の物語」「中井商店の身上」「灼傷」「歩銭」「神々しい馬鹿」「血と血」というふうに、具体的に収載作品名が記されており、それだけでなく、「四六版特製三百頁/定価一円五十銭/郵税十二銭」と、「頁」「定価」「郵税」まで、具体的に記されています。さらに、この創刊号では「外村繁を語る」を特集し、滝井孝作、武田麟太郎、淀野隆三、中谷孝雄、尾崎一雄の諸氏の文章が所載されていますが、滝井孝作氏「外村繁君とぼく」の文末には(十年十一月)、武田麟太郎氏「外村茂氏」文末には(十一月二十四日)、中谷孝雄氏「外村繁」文末には（一一・二五）と、それぞれ脱稿年月日が記されています。

また、昭和十年十一月十七日浅見淵氏宛の太宰治封書には、つぎのような言説があります。

　一昨夜、檀、保田二君が遊びに来て下さいました。あなたからの出版の件、私としても直接あなたとお逢ひしてから、とりきめたいものと思つてゐます。私、来年まで上京不可能の状態ですから、もしや、おいそぎならば、失れいですけれど、こちらへおいで下さい。

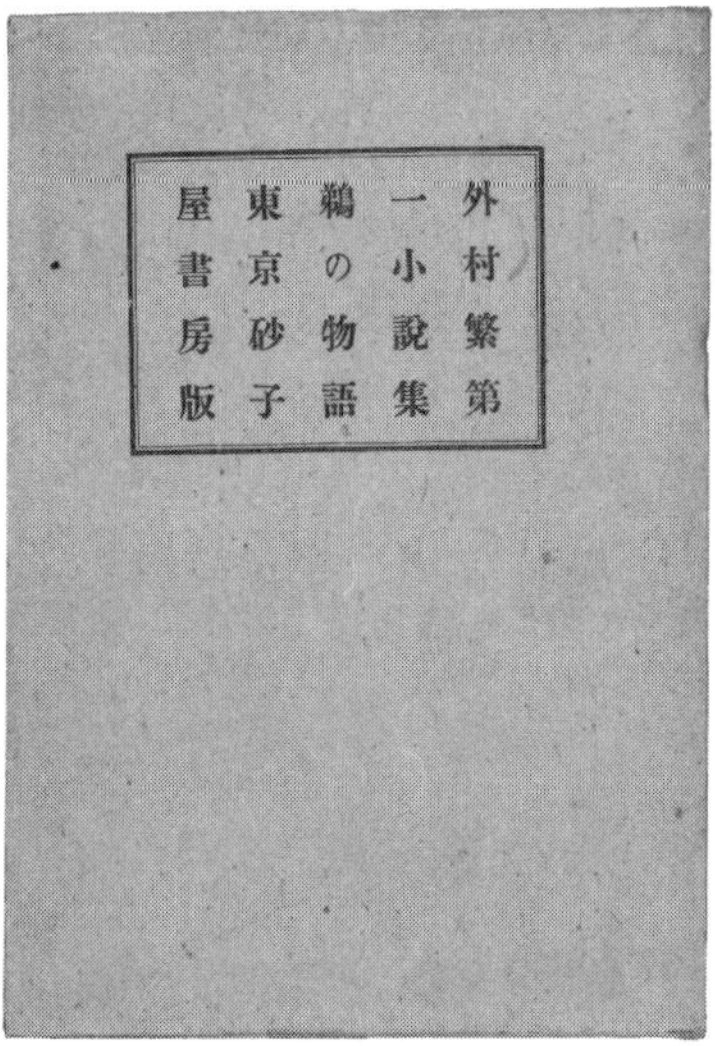

外村繁『鵜の物語』

したがって、昭和十年十一月十四、五日頃、まず檀一雄氏が、砂子屋書房からの「第一創作集」の話をもっていったものと思われますが、檀一雄氏が砂子屋書房をおとずれたのは、浅見淵氏「『晩年』の初版について」の「或る朝、檀一雄が息せき切ってぼくの家に飛び込んで来て、」という言説から推せば、その当日の「夜」太宰治宅をおとずれたものと思われます。その二日目のち、さきの封書を、太宰治はしたためたわけです。浅見淵氏「船橋時代の太宰治―昭和文壇側面史（第28回）―」（「週刊読書人」第六三九号、昭和四十一年八月二十二日付発行）には、つぎのような言説がみられます。

「晩年」の出版が決まってから、早く原稿を取りに来てくれと、ひんぴんと催促の手紙や葉書をぼくに寄こしていた。が、砂子屋書房も緒についたばかりで、「晩年」を出す前に、最初の予定のものをさきに出さねばならなかった。それで、じつは訪問を遅らせていたのである。

その「早く原稿を取りに来てくれと、ひんぴんと催促の手紙や葉書をぼくに寄こしていた。」という、その第一便が右に引用の十一月十七日付封書ですが、さらに、翌十一月十八日付浅見淵氏宛封書には、つぎのような言説がみられます。

私、貴兄と今月中に、是非ともお逢ひいたしたく存じます。さうして、本《ほん》のことも、あらかじめ左右をきめてしまひ、うまくいきましたら、（私、別にむりなことは申さぬつもりです。）私、御誌へ三四枚のエッセイを、私として、天に恥なきエッセイを、稿料なしで書くつもりであります。（創刊号へ。二号は、いやです。）（略）「エロシエンコと家鴨」の作家の言葉は、私、充分、敬意をもつて拝聴するつもりである。どうか、一日も早く、おいで下さい。／「文藝雑誌」創刊号にも、生命《いのち》かけたる原稿さしあげます。「ダンディスム」に就いて書かうと思ひます。

四日後の十一月二十二日付浅見淵氏宛書簡には、つぎのような言説がみられます。

原稿六枚になりました。思ひのほか、難物で、三日ほど、これにばかりかかつて居りました。二十二三日、おいでの予感がいたしますから、そのとき、お手渡しいたしませう。お天気がつづくやうですが、よかつたら、御主人、山崎氏をもおさそひ下さい。十一月の海も、雅なものと思ひます。／拙稿六枚、（消しが多いから五枚になるやも知れません。）大半は、拙著「晩年」の広告文になつてゐます。（ふざけたしやれや冗談ではなしに、血まなこになつて書いたものです。私として恥づかしからぬ文章と信じます。）それゆゑ、そのエッセイ発表に先きだち、私の出版について、どうしても少しお話しなければ、なりませんのです。／私の出版については、一部定価二円以下にして、しかも大兄のはうへは、決してご損は、お掛けしません。私、自費出版でやるつもりだつたのです。以上のことおふくみのうへ、何卒、二十三日あたり、おいで下さい。船橋といふと遠いやうですけれど、上野からだと、阿佐ケ谷、荻窪くらゐと同距離です。／門《もん》をひらいてお待ちして居ります。

十八日付の「三四枚のエッセイ」で「文藝雑誌」創刊号への原稿、そして、二十二日付「六枚」の原稿で大半「晩年」の広告文になっている原稿とは、「文藝雑誌」創刊号所載「もの思ふ葦」をさしています。その「もの思ふ葦」は、「『晩年』に就いて」「気がかりといふことに就いて」「宿題」の三つの短章から成り、最後に「附記」が八行ほどついています。十八日付でいわれた「ダンデイスム」についての文章は、「文藝汎論」昭和拾壱年新年号(第六巻第一号、昭和十一年一月一日付発行)に所載の「もの思ふ葦」に、「わがダンデイスム」なる短章がありますから、そちらにまわしたものと思われます。ともあれ「文藝雑誌」創刊号の「もの思ふ葦」は、太宰治自身もいうように、大半は『晩年』の「広告文」になっています。「『晩年』に就いて」がそれですが、そこには、つぎのような言説がみられます。

私はこの短篇集一冊のために、十箇年を棒に振つた。まる十箇年、市民と同じさはやかな朝めしを食はなかつた。私は、この本一冊のために、身の置きどころを失ひ、たえず自尊心に傷けられて世のなかの寒風に吹きまくられ、さうして、うろうろ歩きまはつてゐた。数万円の金銭を浪費した。長兄の苦労のほどに頭さがる。舌を焼き、胸を焦がし、わが身を、たうてい恢復できぬまでにわざと損じた。百篇にあまる小説を、破り捨てた。原稿用紙五万枚。さうして残つたのは、辛うじて、これだけである。

これだけ。原稿用紙、六百枚にちかいのであるが、稿料、全部で六十数円である。／けれども、私は、信じて居る。この短篇集、「晩年」は、年々歳々、いよいよ色濃く、きみの眼に、きみの胸に滲透して行くにちがひないといふことを。私はこの本一冊を創るためにのみ生れた。けふよりのちの私は全くの死骸である。私は余生を送つて行く。さうして、私がこののち永く生きながらへ、再度、短篇集を出さなければならぬことがあるとしても、私はそれに、「歌留多」と名づけてやらうと思つて居る。歌留多、もとより遊戯である。しかも、金銭を賭ける遊戯である。滑稽にもそれからのち、さらにさらに生きながらへ、三度目の短篇集を出すことがあるならば、私はそれに、「審判」と名づけなければいけないやうだ。すべての遊戯にインポテンスになつた私には、全く生気を欠いた自叙伝をぼそぼそ書いて行くよりほかに、路がないであらう。旅人よ、この路を避けて通れ。これは、確実にむなしい、路なのだから、と審判といふ燈台は、この世ならず厳粛に語るだらう。けれども、今宵の私は、そんなに永く生きてゐたくない。おのれのスパルタを汚すよりは、錨をからだに巻きつけて入水したいものだとさへ思つてゐる。／さもあらばあれ、「晩年」一冊、君のその両手の垢で黒く光つて来るまで、繰り返し繰り返し愛読されることを思ふと、ああ、私は幸福だ。——

一瞬間。ひとは、その生涯に於いて、まことの幸福を味ひ得る時間は、これは、百米十秒一どころか、もつと短いやうである。声あり。「嘘だ！不幸なる出版なら、やめるがよい。」答へて曰く、「われは、いまの世に二となき美しきもの。メヂチのヴィナス像。いまの世のまことの美の実証を、この世にのこさむための出版也。／見よ！ヴィイナス像の色に出づるほどの羞恥のさま。これ、わが不幸のはじめ。また、春夏秋冬つねに裸体にして、とはに無言、やゝ寒き貌こそ、（美人薄命、）天のこの冷酷極りなき嫉妬の鞭を、かの高雅なる眼もてきみにそと教へて居る。」

さて、「対談『晩年』前後」において浅見淵氏は、つぎのようにいわれています。

最初の出版計画が六冊で、だいたいきまっていたのですが、そこに檀君からのはなしがあった。太宰というのは非常にせっかちでして、今度本が出るとなると一日も早く出せというわけで、いってみれば六冊決定しておったのですけれど、その真ん中へんにはさんで出すことになったのです。

このころ、砂子屋書房主山崎剛平氏にも、おそらく浅見淵氏宛と同様、「ひんぴんと催促の手紙や葉書」をだしていたものと推測されます。山崎剛平氏によれば、「晩年出版前の太宰の気負った文章の手紙、これは古今の名文？です。気迫の迫る文章。文章読本などに是非掲載したいやうな特殊なもの。これを得たいため何度か捜したのですが、遂にだめでした。」（昭和四十五年三月二十日付山内祥史宛封書）ということです。ともあれ、こうして、『晩年』出版は、いよいよ具体化することになります。

檀一雄氏「小説太宰治（続）」には、つぎのような言説があります。

昭和十一年の二月二十五日のことだつた。私は山崎家の酒を一本貰ひ受け浅見さんと連れだつて、船橋の太宰の家に出掛けていつた。／「やあ、よく来てくれました」／と、太宰は浅見さんに叩頭して、事の外、喜んだ。

この檀一雄氏文中の、「昭和十一年の二月二十五日のことだつた。」というのは、檀一雄氏の記憶の裡で、二・二六事件と結びついているためのようです。そのあと、つぎのような言説があります。

案の定、翌朝ははだら雪が庭に敷いてゐた。／東京に軍の反乱が起つたと云ふ噂である。太宰と三人して道に出て雪の野を越えて眺めやつた、東京の辺りの空の、どんよりとした暗さのことを覚えてゐる。／電車も止められてゐるといふ噂だつたし、車も検問に会ふと云ふやうな、流言が立つてゐた。

右の文中の「太宰と三人して」とは、太宰治、檀一雄、浅見淵氏の三人ということになります。しかし、太宰治「雌に就いて」(「若草」第十一巻第五号、昭和十一年五月一日付発行)によれば、「ことしの二月二十六日には、東京で、青年の将校たちがことを起した。その日に私は、客人と、長火鉢をはさんで話をしてゐた。」とあり、この「客人」とは、昭和十一年四月二十三日付山岸外史宛葉書によれば、山岸外史氏と推定されます。また浅見淵氏「回想一つ」(「文筆」五月号、昭和十六年五月一日付発行)によれば、「二・二六の翌々日の夕方、古谷綱武、檀一雄、浅見淵の三氏が太宰治宅をたずね、つぎの朝交通遮断されたことが記されています。そして、四人で船橋の街の郵便局まで電報をうちに出掛けたことが記されていますが、それには、ほぼ檀一雄氏の記憶に照応するつぎのような記述がみられます。

黄いろいペンキが剥げかかつてゐる、如何にも田舎町の郵便局らしい古ぼけた木造の建物の傍らに、木の橋が架かつてゐて、その橋の上からは灰色の海が見えた。また、灰の海の向うには薄黝く東京が眺められた。その薄黝く霞んでゐる東京で、いま何ごとが起つてゐるのかと思ふと、何ともいへぬ無気味さを覚えた。

このとき、浅見淵氏と一緒だったので、檀一雄氏はそれを晩年出版の件で太宰治宅を訪問したときと、勘ちがいされているのだと思われます。浅見淵氏「『晩年』時代の太宰治」

には、つぎのような言説がみられます。

当時、太宰君は船橋に住まつてゐたが、酷いパビナール中毒で、殆ど外出できぬといふことだつたので、確か十年の十一月の末に、檀君の案内で、僕と山崎が初めて船橋の太宰君の宅に出向いた。一方、太宰君からも、僕たちの来訪を促す手紙や葉書が頻々と来てゐたからである。僕と太宰君との一応の親交は、じつにこの時から始まつたのである。

この浅見淵氏の、「確か十年の十一月の末に、檀君の案内で、僕と山崎が初めて船橋の太宰君の宅に出向いた。」というほうが、正確であるように私には思われます。浅見淵氏「船橋時代の太宰治―昭和文壇側面史（第28回）―」にも、つぎのような言説がみられます。

太宰治の千葉県船橋町五日市本宿一九二八の宅をはじめて訪ねたのは、昭和十年十一月下旬のある午後だった。上野桜木町の砂子屋書房へ檀一雄がやってきて、その道案内で、書房主の山崎剛平も、生家が兵庫県の赤穂の近くの造り酒屋だったところから家醸の銘酒を一本ブラさげて同行し、上野公園内の停留所から京成電車に乗って三人で出掛けたのである。

またさらに、これはさきに引用したものですが、十一月三十日付浅見淵氏宛葉書には、つぎのように記されています。

先夜はわざわざおいで下さいましたのに、充分のおもてなしもできず、恥かしく思ひます。先夜お持ち帰りの、「晩年」の原稿のうち、「地球図」（六号のまへがき全部消して十七枚）「思ひ出」（八十枚）「陰火」（三十八枚）以上三篇欠けて居ります。御用の折は、送れと言つてください。すぐお送りいたします。

これでみても、やはりさきの檀一雄氏の「昭和十一年の二月二十五日」というのはあやまりで、浅見淵氏の「昭和十年十一月下旬のある午後」という方が、正確だといえるでしょう。山崎剛平氏も「太宰訪問は十一月」（昭和四十五年三月二十二日付山内祥史宛）といわれています。さらに、山崎剛平氏によれば、この時の訪問者は「三人」ではなく、「他に同伴者あつた筈」といわれ、「みんなで遊廓の方へ歌をうたつたりしながら行く途中警察の前で叱られ、中へ引き込まれた折、上手にあやまつて放免されたが、その時のあやまり手は、檀でない若者だつた。（略）私は草履をはいてゐて、太宰の家近くの原つぱを横切る時水たまりへ踏込んで足袋をよごした。で、太宰の足袋を借りてはいた。—そのへんのことも少しおぼろげ乍ら、どうも檀の他に今一人ゐたと思はれる。—今思ひ出しました。カフエでビールをのんでゐた時、檀とその若者とが二人だけ、よくしやべり、よく立廻つた――確かに四人です。」（同前）といわれています。ともあれ、以上から、檀一雄氏の案内で、浅見淵氏と書房主山崎剛平氏とが太宰治宅をたずねたのは「昭和十年十一月下旬」、と断定してよいでしょう。ところで、浅見淵氏等が太宰治をたずねたその折には、すでに『晩年』の装釘が、決定されたようです。さきの浅見淵氏の「『晩年』時代の太宰治」には、つぎのような言説がみられます。

最初の訪問の時、「晩年」の原稿は既に揃へられてゐて、太宰君はそれと一緒に、プルウストの「失ひし時を求めて」の訳本を持ち出し、他になんの註文もないのです、印税もいりません、ただこの本の通りにして下さいと、いつた。このプルウストの訳本は、プルウストをわが国に紹介した最初のものであるが、淀野隆三君が後輩の二、三人と共同で訳して三笠書房から限定版で出したもので、淀野君一流の凝り方で、本文には薄手の木炭紙を使ひ、菊判の贅沢なものであつた。また、アンカットで、表紙は白の局紙が使はれてゐた。

そして、十二月四日付小館善四郎氏宛書簡では、「こんど、私の「晩年」が出ることにきまつた。プルウストのあの白く大きい本と同じ装釘にした。」とあります。ところで、浅見淵氏は、発行所を「三笠書房」と記されているのですが、津島美知子夫人は『晩年

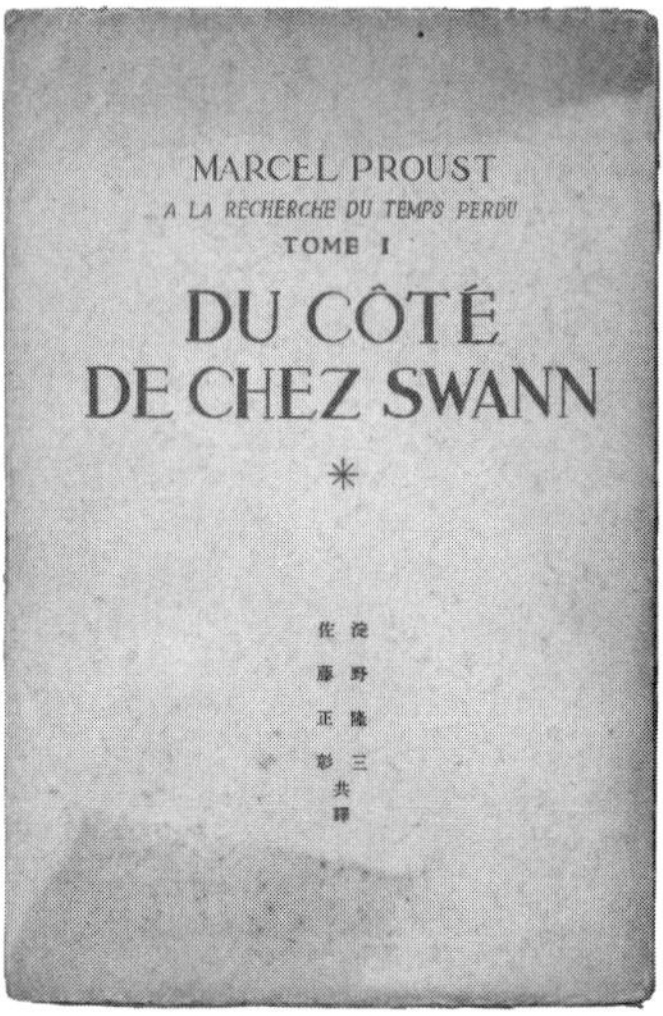

『スワン家の方』

太宰治全集第一巻（近代文庫18）』所載の「後記」で、「「晩年」の初版本の体裁は淀野隆三、佐藤正彰共訳の「スワン家の方」（武蔵野書院発行）の装幀をそのまま踏襲したもの」といわれ、「武蔵野書院」と記されています。これは、夫人の記載が正しく、淀野隆三、佐藤正彰共訳のマルセル・プルウスト『失ひし時を索めて第一巻スワン家の方』（武蔵野書院、昭和六年七月十八日付発行）であったようです。さて、さらに、檀一雄氏「小説太宰治（続）」によれば、その当日のこととして、つぎのように記されています。

　自分で何度もよろよろ立ち、ケントの表紙の見本なぞを持参して、どうしても菊版にしたいといつてゐた。／「背文字はない方がいいんだ。表紙は薄鼠で晩年と云ふ二字だけにしたいね」／「写真を入れてくれないかしら。この写真」／と、いつて、取り出した、写真は、例の石の高麗犬の前の和服の立像だつた。光のせゐか眼窩が落ち窪んで、幽鬼のやうだつた。／勿論、太宰は当時やせてゐたが、あの写真は、光線のせゐかことさらひどくゆがんで写つてゐた。しかし太宰は、その写真に馬鹿に執心のやうである。／「晩年」といふ文字は、自分で雛型を書いて、こんな風に伯父さんに書いて貰ふと云つてゐた。伯父さんといふのは、初代さんの伯父さんだ。（略）伯父さんと云ふのは、図案師のやうだつた。／校正は一切、私がやることに話しが決まつた。部数は六百。印税はたしか二百円ばかり現金を届け、残りは本にして貰ふ、といふことだつた。／「表紙は上質のトリノコがあるんでねえ」／と、浅見さんが云ふと、／「ぢや、それにしてください」／太宰は、大喜びのやうだつた。／各篇の題名は、いちいち中扉を入れず追ひ込みにすること。それから奥附は、白水社の本を切取つて、自分でちやんと見本を作つてゐた。／「印表は貼らぬ方がいいんだ。直接判を押す。随分しやれたものなんだよ」／と、上機嫌で太宰は云つてゐた。

また山崎剛平氏によれば、「初版は仏文学研究か何かの本を持つて来て、万事これに準じて、と太宰が鶴の一声式に言つたので、決まりました。写真を入れてみようと思ひます、と一寸胸を張つて言ひ、それも決定、非常に薄ぼけたもので、これではと思つたが、その頃自他共太宰は間もなく死ぬものと思つてゐたので、影のうすい写真も意味ありとして、晩年の題にも合ふものとして首肯せり。」（昭和四十五年三月二十二日付山内祥史宛封書）ということで、「初版は凡て太宰案の意匠、帯だけ小生の加えたもの」といわれています。

なお、浅見淵氏「『晩年』の初版について」によれば、つぎのようにあります。

当時、太宰治は千葉県の船橋に住んでいたが、パビナールという麻薬の酷い中毒者になっていた。檀君が「死ぬ気かも知れません」といったのも理《ことわ》りで、すっかり憔悴していた。が、『晩年』を出版したならば、一躍盛名をもたらすに違いないといった、確信めいた夢を持っていた。その為に生命の火を燃やしていた。『晩年』の原稿は、切り抜き原稿は完膚なきまで訂正されていたし、新しく原稿紙に書き直したのも、数篇混ざっていた。帯紙の文章体裁も自分で選択考案していた。

まさしく浅見淵氏が、『晩年』の初版について」でいわれるように、「青年の夢想と野心に燃え、心魂を籠めて若き日の太宰治自身が編集した処女作集」が、『晩年』であったといえるでしょう。さらに、この浅見淵氏等の最初の訪問のとき、『晩年』十五篇の原稿のうち、「葉」「魚服記」「列車」「猿ケ島」「雀こ」「道化の華」「猿面冠者」「逆行」「彼は昔の彼ならず」「ロマネスク」「玩具」「めくら草紙」の計十二篇が、浅見淵氏によってもちかえられています。のこりの三篇、「地球図」「思ひ出」「陰火」を加えたいという、

十一月三十日付の太宰治の問合せに対して、書房主山崎剛平氏より返信があったようです。十二月十二日付浅見淵氏宛葉書では、

先日、山崎氏よりのお手紙にて、のこりの原稿、早く送れとのこと、只今、別封書留にて、「思ひ出」「地球図」を、お送りいたしました。あとは「陰火」ですが、これは、「文藝」の二月か三月号に発表になるだらうと思ひます。若し、四月号なら、未発表のまま、原稿四十枚、とりかへして、お送りいたします。私のは、三月中にゆつくりできたら、けつかうです。

とあります。ここにいう「陰火」は、さきにみたように昭和十年八月十日すぎの原稿依頼のあったときには、すでに脱稿していた「旧作」であり、八月末には、「文藝」発行所改造社に送られていたと推定されます。それが、掲載がのびのびになり、結局は「未発表のまま、原稿四十枚、とりかへして」、昭和十一年二月二十八日付で浅見淵氏宛に送付されています。そして「文藝雑誌」四月号に掲載されると同時に、『晩年』にも収録されることになったものです。以上のような経過で、昭和十一年二月二十八日には、『晩年』所収の全十五篇の作品が、出版社砂子屋書房にわたされましたが、太宰治は『晩年』の出版を「三月中にできたら、けつかう」と思っていたわけです。津村昌子夫人の示唆によれば（昭

和四十四年一月七日付山内祥史宛封書）、津村信夫氏宛昭和十年十二月四日付の太宰治封書にも、

ぼくの短篇集「晩年《ばんねん》」来年の三月中に、上野の砂子屋《さごや》書房から出すつもり、もうきめてしまひました。／誰も買はなければ、ぼくひとりで買ふと、砂子屋書房主人に言つて置きました。

とあるそうです。

さて、それからしばらく、『晩年』にふれた太宰治書簡が見当りませんが、尾崎一雄「あの日この日（四十二）—文学的自伝風に—」（「群像」第二十八巻第六号、昭和四十八年六月一日付発行）によれば、「十一年二月十五日づけ、下谷区谷中坂町四一浅見から、牛込区馬場下町四一尾崎あてハガキ」には、つぎのように記されているそうです。

今夜檀君が太宰君を円タクに乗せてやつて来、浅草で大酔しました。僕としては色々不服あるのですが傍観しなくてはならず寧ろ苦痛に感じました。

これに関し、尾崎一雄氏は、つぎのように記されています。

浅見の「不服」は、やがて同年六月に砂子屋書房から出た太宰治の第一小説集『晩年』に関することか、あるひは当時太宰君が用ゐてゐたパビナールに関してか。砂子

屋書房の第一小説集叢書は、外村繁『鵜の物語』、仲町貞子『梅の花』、和田伝『平野の人々』と出て、四冊目には私の『暢気眼鏡』が予定されてゐた。そこへ太宰君の切望により檀君から『晩年』を先にとの申入れがあつた。

山崎も浅見も私も、『暢気眼鏡』はうちうちのものだから、といふ気があつてその申入れを承諾したのである。何が不服で苦痛なのか、などと訊いたことはないのではつきりとは判らぬが、恐らく浅見は、太宰君の薬品中毒を気にしたのだらう、と私は推測する。

つぎには昭和十一年三月一日付佐藤春夫氏宛太宰治葉書に、左のような言説があります。

「文藝雑誌」四月号に先生の「太宰について」を書いて下さいますやう。私からもお願ひ申しあげます。〆切がもう二三日のことと存じますゆゑ、おねがひ申します。はじめての創作集ですし、うんと売れるやうに書いて下さい。私も少し書きました。一生懸命でございます。

この「文藝雑誌」四月号は、周知のように「太宰治を語る」を特集しています。まず巻頭「口絵写真」には、「三田派の暁将丸岡明氏」「佐藤春夫氏の近影」「新婚の寺崎浩氏夫妻」なる題の三氏の写真とともに、「「晩年」の著者太宰治氏」と題して、初版『晩年』巻頭の写真とおなじ写真がのせられています。そして、「創作」欄巻頭には太宰治の「陰火」が所載され、「創作」欄のあと、「太宰治を語る」の特集諸文が掲載されています。佐藤春夫氏「尊重すべき困つた代物―太宰治に就て―」、井伏鱒二氏「太宰君」、保田与重郎氏「佳人水上行」、檀一雄氏「おめざの要る男」の四篇ですが、この四篇は、かつて「太宰研究」第三号（昭和三十八年一月二十日付発行）に、津島美知子夫人の厚情によって翻刻し、さらに保田与重郎氏の「佳人水上行」は、拙稿「個人雑誌「太宰研究」」（「新潮」第六十一巻第七号、昭和三十九年七月一日付発行）で紹介し、いまでは、佐藤春夫氏の文章は奥野健男氏編『恍惚と不安　太宰治　昭和十一年』（養神書院、昭和四十一年十二月二十四日付発行）に、保田与重郎氏の文章は奥野健男氏編『太宰治研究』（筑摩書房、昭和四十三年四月三十日付発行）に、檀一雄氏の文章は『小説太宰治』（審美社、昭和三十九年九月十日付発行）および『太宰と安吾』（虎見書房、昭和四十三年七月二十五日付発行）等に収載されて、容易にみることができます。ただ一篇井伏鱒二氏の文章が、見難いのですが、これも、拙稿「筆名太宰治論私考」（「太宰治研究」第八号、昭和四十二年六月十九日付発行）および「筆名『太宰治』と津軽弁」（「解釈」第十四巻第七号、昭和四十三年七月一日付発行）等にも、全文ではありませんが引用したことがあります。その後、これら諸稿の翻刻実現に意を払い、いまでは、四篇すべて、拙篇『太宰治論集同時代篇第一巻』（ゆまに書房、平成四年十月二十三日付発行）に収載してありますので、ここでその翻刻はさしひかえます。ともあれ、この「文藝雑誌」四月号の企画は、ちかく刊行予定の『晩年』P・Rの意味をもつ、まさしく太宰治『晩年』の宣伝特集であったわけです。その特集への佐藤春夫氏宛原稿依頼が、さきに引用したはがきの一節です。その翌日の、三月二日付浅見淵氏宛葉書には、つぎのような言説がみられます。

　このごろ、また、血たんが出て、不安です。どうか、早く本を出して下さい。実は、昨年の暮から、落ちつかなく、閉口してゐるのです。本のことが気になつて、たまらぬのです。どうか一日も早く出版して下さい。私を助けて下さい。本のことに就いて、用事がありましたなら、私を呼んで下さい。懸命におねがひしてゐます。

さらに三月二十四日付浅見淵氏宛葉書では、つぎのような言説がみられます。

「文藝雑誌」での御厚情、お礼申しあげます。山崎氏にも、よろしく御伝言下さいまし。／「晩年」そろそろ印刷にとりかかりませう。このごろ少し心細いことがあつて、早く私の本を見たい、生きてゐるうちに、私の本を見たい、としきりに思はれますゆゑ、来月中にできれば、うれしく存じます。懸命でございます。おねがひ申します。たのみます。（ぜひとも、今月中にとりかかつて下さいませぬか。伏しておねがひ。御返事お待ちして居ります。）

「文藝雑誌」四月号が発行されたのでしょう。そのお礼と、『晩年』の出版を促すたよりをだしています。さきにも引用したように、太宰治は「三月中にゆつくりできたら、けつかう」と思っていたわけですが、三月二十四日になっても「印刷にとりかかりませう。」といっているわけですから、このような催促のたよりになったものと思われます。これについて浅見淵氏は、『『晩年』時代の太宰治」に、つぎのように記しています。

太宰君の第一創作集「晩年」が上梓されたのは、初めに書いたやうに、昭和十一年の六月であつた。最初、三月頃に出る予定だつたところ、二・二六事件が勃発した為め、書房主の山崎が投資してゐた株が大暴落し、これが因を成してそんなに遅れたのだつた。この為め、太宰君はずゐぶんやきもきしたらしい。しかし、一時は書房を解散する話さへ持ちあがつてゐたので、なんともならなかつたのである。

また「創業の頃」にも、つぎのように記されています。

旬日ならずして二・二六事件が突発し、その影響で急に検閲が厳重になり、「鶉の物語」の中の最後の一篇の一部が、つひ三四ヶ月前に一度雑誌に発表されたものなの

> にも拘らず削除を命ぜられる破目に陥つたのである。二・二六事件といへば、文藝雑誌が三号出、第一創作集も一冊出、砂子屋書房も先づこの分なら順調に行けさうだと僕たち三人は内々吻つ《（ママ）》としてゐたのであるが、それを二・二六事件は根こそぎ覆へしてしまつたのだつた。山崎は書肆経営の資本を他に廻してゐたのであるが、二・二六事件が原因して急にそれが回収つかなくなつたからである。しかも、そこへ、いま書いたやうに処女出版の単行本が削除を命ぜられ、それまでに売れて居らぬ分が全く売り物にならなくなつてしまつたのである。／いまから回想してみると、その頃が砂子屋書房の一ばん受難期ではなかつたかと思ふ。その年はまたヤケに雪の多い年で、一そう陰鬱な思ひをしたが、山崎から相談を掛けられその結果、取敢へず文藝雑誌を廃刊し、約束もあるので予定の決まつた第一創作集だけを出すことにして、暫く成り行きを見ることに二人の意見は一致したのである。

この、「鵜の物語」が「削除を命ぜられ」たというのは、まちがいないことのようです。尾崎一雄氏「暢気書房昔話」（「文筆」五週年記念随筆特輯号、昭和十五年十月三十日付発行）にも、「最初につくつた「鵜の物語」が、当局から切り取りを命ぜられたのには、随分慌てたらしい。」とあり、さらに、浅見淵氏「仲町貞子さんのこと――昭和文壇側面史（第

27回）――」（「週刊読書人」第六三七号、昭和四十一年八月八日付発行）にも、つぎのような言説がみられます。

外村の「鵜の物語」は、巻頭の同名の作品が、彼の晩年と違って、江州商人のえげつない生態を扱った新社会小説といった趣きがあり、じつはそれに目をつけたのであった。が、ちょうど本になったころに二・二六事件が起こり、俄かに内務省の検閲が厳しくなって、その中の「中央公論」に一度載った「血と血」という作品が切り取りを命ぜられ、むしり取った跡の残っている単行本など誰も買わないので、最初からさんざんだった。砂子屋書房が立ち直ったのは、愈〻廃業することに決めて、日ごろの心やすだてから遅れ遅れになっていた尾崎の「暢気眼鏡」を最後に出したところ、これがたまたま第五回芥川賞を獲得したために売り切れるに到ったからだ。

かくして、斧稜氏「太宰治の文学――青森県出身作家の人と作品――」によれば、つぎのような状況であったようです。

千葉の船橋《はし》に居た頃《ころ》一日訪ねて行つたことがある。（略）その時、近《ちか》いうちに出る創作《そうさく》集『晩年』のことを楽しさうに語《かた》つた。私はその後何ヶ月かの間、ことあるごとに、書店《てん》を覗《のぞ》き『晩年』の出現を待望した。学校《がくこう》の帰《かへ》りは省線《せん》の関係《くわんけい》から上野《の》の松坂屋《まつざかや》の書籍部《せきぶ》によく立寄つた。(略) さて、大分待たせて、晩年《ばん》が砂子屋《や》書房から上梓された。

このようにして遅延していた『晩年』出版の、三月二十四日付の催促に対して浅見淵氏より返信があったようです。四月七日付浅見淵氏宛葉書では、「浅見さん／ありがたう。涙が出ました。十日に檀君とふたりで、とにかくまゐります。大恐悦でございます。おさつし下さいまし。」といっています。この四月十日の訪問は、『晩年』の印刷にとりかかる、具体的な打合せであったと考えられます。四月十七日付淀野隆三氏宛封書には、「私の「晩年」も、来月早々、できる筈です。できあがり次第、お送りいたします。／しやれた本になりさうで、ございます。」とあり、また同日付山岸外史氏宛葉書には、「創作集の校正でたいへんいそがしく、明日の土曜日も、ひよつとしたら不在かもしれぬ。」とあります。さらに、四月二十六日付淀野隆三氏宛では、「いま、本の校正やら、創作やらで、たいへん、からだをわるくして、やせました。」とあります。

ところで、さきに引用した檀一雄氏の「小説太宰治(続)」に、「校正は一切、私がやることに話しが決まつた。」とありましたが、さらにそのあと、つぎのような言説がみられます。

「晩年」の校正は、先づ妹にやらせ、それから私が見た。つまり一校に二度づつの眼を通して、今でも誤植が少なかつたといふ自信がある。／しかし太宰はきつと、蔭では、／「誤植が多くてね。駄目だね。檀はセンスないよ」／と云つてゐただらう。

「山梨県立文学館報」第九十五号（平成二十七年三月十日付発行）所載の「所蔵資料より」欄所掲の水上百合子氏「太宰治著『晩年』」には、「甲府市の故山村正光氏が所蔵されていたもの」として「山村氏が昭和二十八年十月三十一日御坂峠の太宰文学碑除幕式、及び昭和三十三年六月十九日の桜桃忌の際に、参加者に依頼した寄せ書き」が紹介されています。それによれば「奥付前ページ」に「この本の校正は僕がやりました／檀一雄」の記載があると、紹介されています。この檀氏の記載が事実であるのか否か、確証を得る方法はないようですが、もし事実としても、太宰治が校正したというのも事実ではないかと思っています。太宰治「悶悶日記」（「文藝」第四巻第六号、昭和十一年六月一日付発行）にも、「月日。／短篇集「晩年」の校正。この短篇集でお仕舞ひになるのではないかしらと、ふと思ふ。それにきまつてゐる。」とあります。しかし、平林英子氏「春宵一刻」（「日本浪曼派研究」第三号、昭和四十三年六月十五日付発行）に引用された「四月十五日」付日記には、つぎのような言説がみられます。

檀さんは今度出る筈の太宰さんの単行本の校正に、横田文子を頼めないかと相談あり、それは大変結構なことで、実現できれば郷里の家で少々荒れている彼女も、喜んで上京するだろうと返事をした。

この校正に関し山崎剛平氏は、『晩年』の誤植非常にすくない事は、私はその当時からよく自慢にしてゐました。あれを檀君が校正したのならほめていゝ。学生あがりではなか〳〵あれだけ出来ないのです。」（昭和四十五年三月三十一日付山内祥史宛）といわれています。

それはともあれ、こうして印刷校正とすすんだわけですが、しかし、発行はなお遅延したようです。四月十七日現在、「来月早々、できる筈」であったものが、六月四日付浅見淵氏宛葉書では、「かならずお報いできます。／このうへは、一日たりとも早く、私の本を読みたい、十五日ころまで、たのみます。」と、また催促のたよりをしています。こうして、やっとという感で「印刷納本」されたのが、「六月廿日」頃であったようです。

Ⅳ『晩年』の発刊

さて発刊された初版『晩年』は、菊判16.1×23.7cmでフランス装、表紙および見返しは極上の模造紙と局紙を使用、象牙色局紙の表紙には「晩年」と灰色で「二字だけ」が印刷され、背文字はなく、裏表紙左下隅におなじく灰色で「太宰治」とあります。太宰治書誌研究の真の嚆矢と目される辻淳氏「太宰治著作目録」(「太宰治研究」第三号、昭和三十八年四月十九日付発行)の「晩年」の項には、「題簽著者自筆」とあり、これにならって、拙稿「太宰治書誌(Ⅰ)」(「太宰研究」第五号、昭和三十八年九月三十日付発行)の「晩年」の項も「題簽著者自筆」としたのですが、さきの檀一雄氏「小説太宰治(続)」によれば、題簽筆者は初代の伯父吉沢祐氏ということになります。さらに扉には、「晩年　太宰治」と縦書きにあり、扉をめくると写真が一葉。本文はラフ紙アンカットで「目次」は二頁で、つぎのように記載されています。

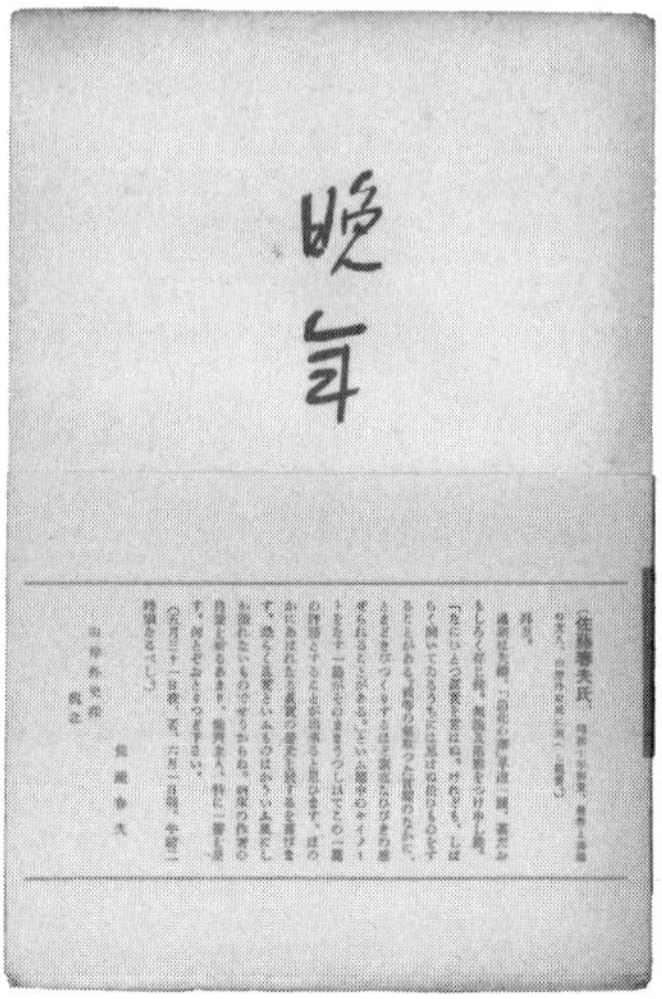

『晩年』初版本

つぎの、本文第一頁にもまた「晩年」とあり、そして、各作品は54字×19行で、所載頁は「葉」が二頁から一六頁まで、「思ひ出」が一七頁から四八頁までで、うち「一章」が一七頁から二九頁まで、「二章」が二九頁から三九頁まで、「三章」が三九頁から四八頁までとなっており、さらに、「魚服記」が四九頁から五六頁まで、「列車」五七頁から六〇頁まで、「地球図」六一頁から六八頁まで、「猿ケ島」六九頁から七七頁まで、「雀こ」七八頁から八二頁まで、「道化の華」八三頁から一二六頁まで、「猿面冠者」一二七頁から一四二頁まで、「逆行」が一四三頁から一五六頁で、うち「蝶蝶」一四三頁から一四四頁、「盗賊」一四四頁から一四八頁、「決闘」一四八頁から一五三頁、「くろんぼ」一五三頁から一五六頁となり、また「彼は昔の彼ならず」は一五七頁から一九〇頁、「ロマネスク」が一九一頁から二一〇頁で、うち「仙術太郎」一九一頁から一九六頁、「喧嘩次郎兵衛」一九七頁から二〇三頁、「嘘の三郎」二〇四頁から二一〇頁となり、「玩具」二一一頁から二一六頁まで、「陰火」二一七頁から二三三頁までで、うち「誕生」二一七頁から二二〇頁、「紙の鶴」二二〇頁から二二五頁、「水車」二二五頁から二二七頁、「尼」二二七頁から二三三頁となり、最後の「めくら草紙」が二三四頁から二四一頁までとなります。奥付には「昭和十一年六月廿日印刷納本／昭和十一年六月廿五日発行／定価二円／晩年／著者太宰治／発行者／東京市下谷区上野桜木町二七／山崎剛平／印刷者／東京市豊島区高田南町一ノ三五七／正木正家／発行所東京市下谷区上野桜木町二七／振替東京七五〇八九／砂子屋書房」とあり、欄外に、「東京ユニオン社印刷」とあります。そして検印紙を使用せず、横書き「晩年」のすぐ下に太宰の印がおされています。なお、初版本『晩年』には書帯が付されていますが、黄色の厚手の紙に赤で、表紙側には、つぎのような、佐藤春夫氏の山岸外史氏宛書簡が掲げられています。

（**佐藤春夫氏**、昭和十年初夏、著者と共通の友人、山岸外史氏に与へし親書。）／拝呈。／過刻は失礼。「道化の華」早速一読、甚だおもしろく存じ候。無論及第点をつけ申し候。「なにひとつ真実を言はぬ。けれども、しばらく聞いてゐるうちには思はぬ拾ひものをすることがある。彼等の気取つた言葉のなかに、ときどきびつくりするほど素直なひびきの感ぜられることがある。」といふ篇中のキイノートをなす一節がそのままうつし以てこの一篇の評語とすることが出来ると思ひます。ほのかにあはれなる真実の螢光を発するを喜びます。恐らく真実といふものはかういふ風にしか語れないものでせうからね。病床の作者の自愛を祈るあまり、慵斎主人、特に、一書を呈す。何とぞおとりつぎ下さい。／（五月三十一日夜、否、六月一日朝。午前二時頃なるべし。）／佐藤春夫／山岸外史様／硯北

裏表紙側には、つぎのような、井伏鱒二氏の太宰治宛書簡が掲げられています。

（左記は五年のむかし、昭和七年初秋、弊衣破帽、蓬髪花顔の一大学生に与へし、世界的なる無染の作家、井伏鱒二氏の手簡である。）／お手紙拝見。今度の原稿はたいへんよかつたと思ひます。この前のものとくらべて格段の相異です。一本気に書かれてもゐるし表現や手法にも骨法がそなはつてゐるし、しかも客観的なる批判の目をもつて書かれてゐると思ひます。まづもつて、「思ひ出」一篇は、甲上の出来であると信じます。／けふよりのちは、学校へも颯爽と出席して、また小説も、充分の矜をもつて書きつづけるやうになさい。僕のところに来る暇があるなら、その暇にトルストイでもチエホフでも一頁半頁ほど読む方がどれだけまさるかわからない。大いに書

いて、それから、書くことに疲れないために毎日登校すること。登校することに疲れないため書きつづけてゆくこと。この二つは息を吸ふことと息を吐き出すことの二つの行為にさも似たり。将来の大成を確信し、御自重、御勉学、しかるべしと存じ上げます。／九月十五日／**井伏鱒二**

書帯の背の部分には、「晩年」と赤に地抜きで、その下に「太宰治」と赤字で印刷されています。

さてまず、さきに記しましたように、題簽筆者は吉沢祐氏と判断されます。『晩年』前後でも檀一雄氏は、「『晩年』の装幀はどなたがおやりになったんですか。」という問いに対し、「当時の奥さんの初代さんの叔父さん、吉沢さんが背文字を書いたのです。装幀は自分自身で。背文字だけであとはなんにもないというのが自慢でした。」といわれ、浅見淵氏が「あの字は山崎剛平じゃないか。」といわれたのに対して「吉沢さんだと思ったがな、記憶間違いじゃなかったら。」といわれています。これに関し山崎剛平氏は、「晩年の字、浅見が私の字と思つた点、なるほど一寸似てゐるやうです。しかし、当時私は、何だこんな安つぽい字、と言ひました。浅見にも言つた筈。」(昭和四十五年三月三十一日付山内祥史宛封書)といわれています。さらに、吉沢祐氏「太宰治と初代」(小山清編『太宰治研究』筑摩書房、昭和三十一年六月三十日付発行）には、つぎのような言説がみられます。

『晩年』の題字は、私がマッチの棒に墨をつけ一気に書いたが、背文字も無く、白々とした裏表紙の左下隅に、小さく、筆記体で太宰治とだけ入れる著者名は、著者のサインの様な体裁に仕上るのだし、版下は書き慣れた三字だけで事足りるので、私は太宰に書けと云ったが、太宰はそんなことを好まず、結局、これも私が書くことにした。

また小館善四郎氏「片隅の追憶Ⅰ――白金三光町――」にも、「吉沢さんは『晩年』初版本の装幀者」とあります。かくして題簽筆者は、やはり吉沢祐氏であったと、考えておいていいでしょう。

つぎに「晩年」所載の写真は、さきに引用したように、山崎剛平氏によれば、「非常に薄ぼけたもので、これではと思つたが、その頃自他共太宰は間もなく死ぬものと思つていたので、影のうすい写真も意味ありとして、晩年の題にも合ふものとして首肯せり。」ということです。この写真は、初版『晩年』にだけ挿入され、再版・参版・改版等には挿入されませんでした。さて、さきに記しましたようにこの写真は、「文藝雑誌」四月号所載の「「晩年」の著者太宰治氏」と題された写真とおなじものですが、この「文藝雑誌」所載の口絵のほうが鮮明です。「文藝雑誌」四月号の「「晩年」の著者太宰治氏」と題する写真説明には、つぎのように記されています。

太宰治氏はいま千葉の船橋に寓居を構へてゐる。松林の中、門口に夾竹桃が植はつてゐる。／太宰氏は茲で悠々自適して、創作にいそしんでゐる訳である。／ステツキを手にして磯臭い船橋の町を散歩してゐる氏の背ろ姿を見ると、漂々とした瘠身である。如何にも病身らしい。その癖、寒中でも薄着なのには一驚される。これは氏の郷里から来てゐるのであらうか。／だが、それに似た負けん気の強さが、太宰氏の性格にも潜んでゐるやうに思はれる。／この写真は船橋の町を散歩中の氏を撮つたものであるが、不敵な面《つら》魂にその面目が躍如としてゐるではないか。

『晩年』口絵写真

右の文はだれの手になるものか不明ですが、浅見淵氏あたりではなかろうかと、私は思っています。その他この写真について、今官一氏は

「「晩年」に贈る詞」の「4著者（写真一葉）」の項に、つぎのように記されています。

「思ひ出」のなかに「思ひ出」がある。背景には薔薇の花が咲いてゐた。ひとかたまりの童児、広い野原に火三昧して遊びふけつてゐたずおん。猿面に隈どる北方のクライスト。僕がいま君に贈る言葉はたつた一つだ。／「狡猾になれ」／君は、正直すぎる。世の中が歪みすぎてゐるのだ。見給へ、この書物の巻頭の、君の写真の、いつたいどこに君がゐるといふのか。

また、太宰治「狂言の神」（「東陽」第一巻第六号、昭和十一年六月一日付発行）で、つぎのように主人公の笠井一に語らせています。

ぼくは、出世いたしました。よい子だから、けさの新聞を持つておいで、ほら、ね。ぼくの写真が出てゐます。これはね、ぼくの小説集の広告ですよ。写真、べそかいてる？さうかなあ。微笑したところなんだがなあ。

太宰治「小さなアルバム」（「新潮」第三十九年第七号、昭和十七年七月一日付発行）には、つぎのような言説がみられます。

すつたもんだの揚句は大病になつて、やつと病院から出て千葉県の船橋の町はずれに小さい家を一軒借りて半病人の生活をはじめた時の姿はこれです。ひどく痩せてゐるでせう？それこそ、骨と皮です。私の顔のやうでないでせう？自分ながら少し、気味が悪い。爬虫類の感じですね。自分でも、もう命が永くないと思つてゐました。このころ第一創作集の「晩年」といふのが出版せられて、その創作集の初版本に、この写真をいれました。それこそ「晩年の肖像」のつもりでしたが、未だに私は死にもせず、たとへば、昼の蛍みたいにぶざまにのその歩きまはつてゐるのです。

宮内寒弥氏「天分について——太宰治氏夫人に——」（「現代文学」昭和十八年新年号、第六巻第一号、昭和十七年十二月二十八日付発行）には、「一度、伊藤整氏が、何かの雑誌にのつた氏の幽霊のやうな写真を、太宰君はたしかに天才顔ですね、と云ふの聞いて、寒々とした思ひをしたのを覚えてゐる」とあります。この「何かの雑誌」とは、「幽霊のやうな写真」ということから「文藝雑誌」昭和十一年四月号をさすのではないかと思いますが、これは確証がありません。これより前、宮内寒弥氏は「新人論その一太宰治氏」（「京都日出新聞」第一九〇四二号、昭和十五年一月二十七日付発行「学藝」欄）で、つぎのように記されています。

ひとは、よく太宰《だ》治氏《し》のことを天《てん》才だとか何だとかいふけれども当《とう》の太宰氏《し》は、それを聞いて一体《たい》どんな気《き》がするだらうか／私は太宰天《てん》才説《せつ》には反《はん》対である「晩年」

といふ小説集が、彼に天才の名を与へたものであるが　私は、あの頃の彼の小説は、つばをかけられながら、喋られてゐるようで嫌だつた、嫌な天才だと思つた／（略）／私たちは「晩年」で雄叫び、熱い沐浴した後の最近の、あくの抜けた、そよ風のようにものを揺つて進む太宰氏の方が好きである「晩年」と共に「天才」を捨てた、俗天使太宰、そして卅一歳以後の太宰治を真新しい新人として尊重したいのである、新人として彼程はげしい脱皮を行つた者はあるまい。

また村松定孝氏「太宰治の地点——太宰治　死——」（「日本文庫」第八号、昭和二十三年七月二十日付発行）には「扉がはりの写真は蚊遣の豚を背景とした若き鬼才の半身像——頭髪を百日鬘の如くにのばした神経質の風貌が拗し猫背の感じで撮られてゐた」とあり、菊田義孝氏「浮草」（辻義一編『太宰治の肖像』楡書房、昭和二十八年十一月五日付発行）には、つぎのような言説がみられます。

「晩年」の口絵写真の太宰さんは、ひどく痩せている。陽の光を真向から浴びて眉をしかめたせいか、その眉がくらく迫って、鋭くこわい人にも見える。太宰さんの「青春時代」のはげしい苦難を象徴するものとも見え、そう思って見れば、こわいというよりは、いかにもまぶしげな眉のあたりに、深いただならぬ悲しみが籠っているのも分る気がする。

さらに尾崎一雄氏「志賀文学と太宰文学」（「季刊作品」第二号、昭和二十三年十一月十五日付発行）には、「扉の次に著者の肖像が入つてゐるが、病的な陰うつな青年に写つてゐる。病後間もない頃の写真だらう。本が出来た頃は、大分元気になつてゐた。」とあり、また、これはさきに引用したものですが、檀一雄氏「小説太宰治（続）」にも、「取り出した写真は、例の石の高麗犬の前の和服の立像だつた。光のせゐか眼窩が落ち窪んで、幽鬼のやうだつた。／勿論、太宰は当時やせてゐたが、あの写真は、光線のせゐかことさらひどくゆがんで写つてゐた。」とあり、さらに村松定孝氏「太宰治の『晩年』をめぐって（その一）――〈浮説昭和文壇史五〉――」（「文学者」第三巻第五号、昭和三十五年四月十日付発行）には、つぎのような言説がみられます。

彼の風貌に関しては、すでに「晩年」の口絵の写真をとおしてその鬼気せまる印象を語り合い、彼の独得の作風にわれわれは云いしれぬ共感をおぼえていた。（あの人は、きっとぼくら同世代のかなしみを背負っているにちがいない）と。

『晩年』収載、太宰治の口絵写真についての、ひとびとの印象記です。

つぎに『晩年』書帯ですが、これは、初版だけにつけられたものです。尾崎一雄氏「志賀文学と太宰文学」にも、「初版に限り、表紙に、宣伝用の帯紙が巻きつけてある。」と記されており、山崎剛平氏も「初版は黄色の帯がついてゐる」（昭和四十五年三月二十二日付山内祥史宛封書）といわれています。さらに書簡の「前書」に関し、尾崎一雄氏は、「著者が書いたのか、友人の一人か、あるひは山崎剛平の筆になるものか、今判らない。私は、この筆者を檀一雄君あたりと推察するが確信はない。案外太宰君自身かもしれない。」と記されていますが、この尾崎一雄氏の言説を受けて、檀一雄氏は「小説太宰治（続）」で、「尾崎さんは『晩年』の帯の文字を、私が書いたものかも知れない、と書いてゐるが、あれは太宰が自分で作つた。ただ私は、その助言をしただけの事である。」と記されており、さらに浅見淵氏も、『『晩年』の初版について」で「帯紙の文章体裁も自分で選択考案していた。」と記されていますから、太宰治が書いたもの、と考えていいでしょう。ただ、山崎剛平氏によれば、「初版は凡て太宰案の意匠、帯だけ小生の加へたもの」（昭和四十五年三月二十二日付山内祥史宛封書）といわれていますから、あるいは山崎剛平氏が書いた可能性もあるのかもしれません。さて、佐藤春夫氏の山岸外史氏宛書簡については、山岸外史氏『人間太宰治』（筑摩書房、昭和三十七年十月二十日付発行）の「『晩年』出版」の項に、つぎのような言説がみられます。

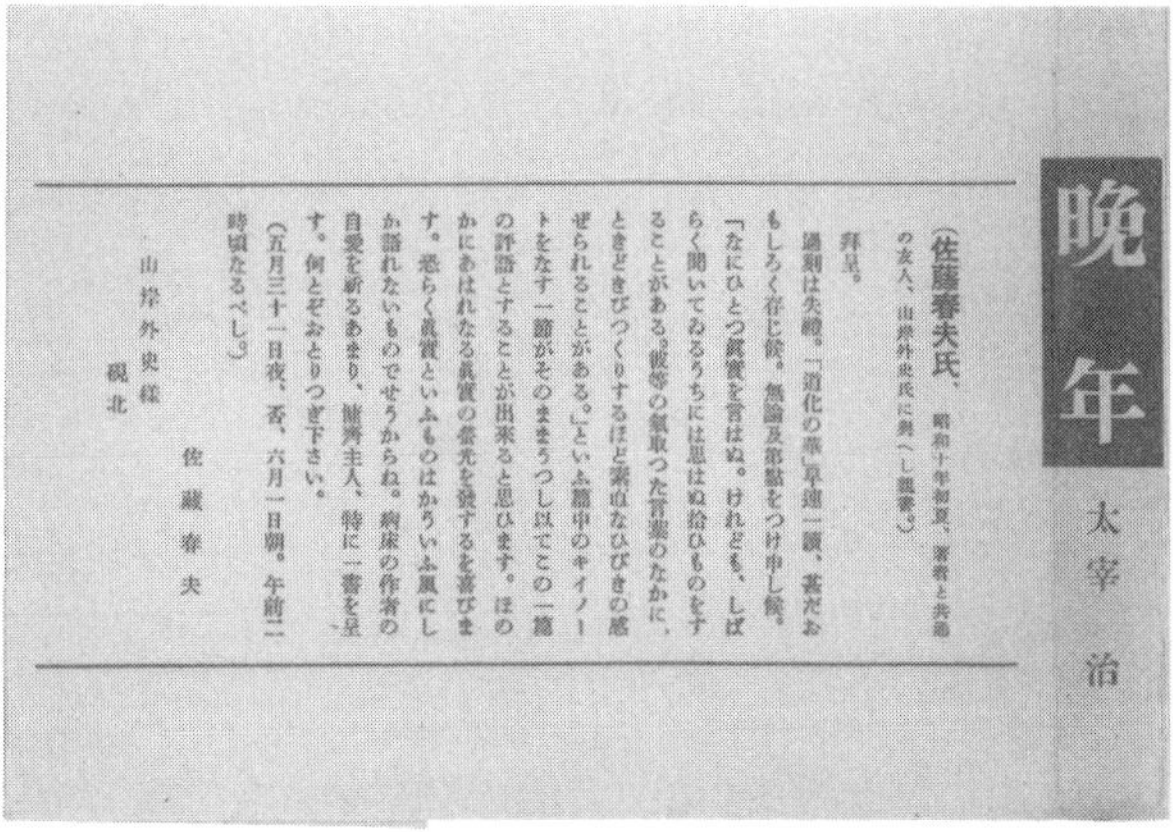
晩年
太宰治
（佐藤春夫氏、昭和十年初夏、著者と共通の友人、山岸外史氏に與へし親書。）
拜呈。
過刻は失禮。「道化の華」早速一讀、甚だおもしろく存じ候。無論及第點をつけ申し候。「なにひとつ眞實を言はぬ。けれども、しばらく聞いてゐるうちには思はぬ拾ひものをすることがある。彼等の氣取つた言葉のなかに、ときどきびつくりするほど素直なひびきの感ぜられることがある。」といふ篇中のキイノートをなす一節がそのままうつし以てこの一篇の評語とすることが出來ると思ひます。ほのかにあはれなる眞實の螢光を發するを喜びます。恐らく眞實といふものはかういふ風にしか語れないものでせうからね。病床の作者の自愛を祈るあまり、[illegible]主人、特に一書を呈す。何とぞおとりつぎ下さい。
（五月三十一日夜、否、六月一日朝。午前二時頃たるべし。）
佐藤春夫
山岸外史様
硯北

『晩年』帯の表表紙側

表紙の腰帯のところに、佐藤さんからぼく宛てに戴いた太宰についての批評の手紙の全文を載せた。太宰もその文章が気にいっていて、ぜひ、腰帯にしたいからといった。ぼくから佐藤さんにもお断りしてその文章を拝借したのである。

ところが、井伏鱒二氏の太宰治宛書簡の引用については、昭和十一年六月二十一日井伏鱒二氏宛太宰治葉書に、つぎのような言説がみられます。

井伏様／短篇集「晩年」ただいま御送り申しました。いろいろ失礼の段おゆるし下さい。／むだんにて、貴き文を拝借いたし、罪ふかきことと存じ一両日中、仕事一段落ののち、あらためて、おわび申し納めます。井伏さんを傷つけること万々なしと信じて居ります。／この五六日、死ぬほど多忙、おゆるし下さい。

これによれば、この『晩年』書帯の井伏鱒二氏書簡の引用は、執筆者に「むだんにて、拝借」したものだということがわかります。井伏鱒二氏もさきに引用したように、「解説（太宰の背景を語る）」の「思ひ出」にふれた文章で、「私は第二章まで出来た原稿を読まされて、そのころまだ三光町にゐた太宰君に読後感を手紙に書いて送つた。その手紙文の一部を、太宰君は私に無断で第一創作集「晩年」の帯に印刷して出した。」と記されています。さらに尾崎一雄氏の「志賀文学と太宰文学」には、つぎのような言説もみられます。

若い太宰君に与へた井伏鱒二の手紙は、心を打つものがある。

「けふよりのちは、学校へも颯爽と出で」――繰り返し読むと、心をゆすぶられる。去る八月初め井伏は拙宅へ遊びに来てくれたが、そのとき太宰君の話も出て、私が『晩年』を本棚から持出したところ、「この本は、どういふわけか、僕にくれなかつたんだ。――こんな手紙を、僕は書いたんだねえ」と、酔つた彼は、瞳を定めるやうにして、昔の自分の手紙を二三度黙読した。そして、「――僕のところへ来る暇があるなら、その暇にトルストイでもチエホフでも……さうか」と呟き、考へ込むふうだつた。その時井伏鱒二の胸中を、どんな思ひが去来しただらうか。私は井伏の様子を見ながら、太宰君といふ男は、実に実につまらぬことをしたものだ、と思つた。

これによれば、井伏鱒二氏は「この本は、どういふわけか、僕にくれなかつたんだ。」といわれたと記されていますが、さきの六月二十一日付井伏鱒二氏宛太宰治葉書には、「短篇集「晩年」たゞいま御送り申しました。」とあります。これはどちらが事実であるのか、と思われますが、それを確認できる資料が、さいわいに一篇だけあります。それは伊馬春部氏「御坂峠以前」(「文藝」第十巻第十二号「太宰治特集号」昭和二十八年十二月一日付発行)に引用された、伊馬春部氏の当時の日記の一節です。

○六月二十二日――井伏さんのところに『桐の木横町』を持つて行く。井伏さん留守。太宰の『晩年』も送つて来てゐた。りつぱだ! 二人がそろつて本をもつて来て、井伏さんもお喜びと察した。

太宰治の「短篇集「晩年」たゞいま御送り申しました。」と記された葉書の日付が六月二十一日、伊馬春部氏の「太宰の『晩年』も送つて来てゐた。」というのが翌二十二日ですから、これは符合します。さらに、『晩年』は「昭和十一年六月廿日印刷納本/昭和十一年六月廿五日発行」であり、伊馬春部氏『桐の木横町(新喜劇叢書)』は「昭和十一年六月十八日印刷／昭和十一年六月廿二日刊行」ですから、これも符合します。したがって、「僕にくれなかつた」というのは井伏鱒二氏の記憶ちがいか、あるいは留守のあいだにきただれかにもちかえられて、井伏鱒二氏の目にふれなかったのか、というようなことが、考えられるのではないかと思います。太宰治の書簡集によれば、まず第一に井伏鱒二氏に送られています。つぎの二十三日付に今官一氏、津村信夫氏宛、二十八日付中畑慶吉氏宛、同日鰭崎潤氏宛、三十日付小館善四郎氏宛など、『晩年』の送付がひろえます。また六月二十日付佐藤春夫氏宛借金の申込みをし、二十一日の日曜日、借金のためとは思われますが、佐藤家を訪問しています。私はこのとき、佐藤春夫氏宛献呈の『晩年』を、携帯していったのではないかと思っています。つまり六月二十日に『晩年』が印刷納本され、すぐさま佐藤春夫、井伏鱒二の両氏に献呈したものだろうと、私は思うのです。

　ところで、辻淳氏「太宰治著作目録」には、「菊判箱入」と記されていますが、初版本には、箱はなかったようです。尾崎一雄氏「志賀文学と太宰文学」にも、「のちに同型で函入りの再版、B6判の新版と出たが、本は初版が最もいい。」と記されています。山崎剛平氏も「初版は黄色の帯。再版は函入（共に菊版）」（昭和四十五年三月二十二日付山内祥史宛封書）といわれ、「再版が出来て来た時、恰度太宰が来、上機嫌で、函の意匠（小生）をほめ、「天才だ」と言つた。（彼が私をほめたのはその時だけ）」（同前）といわれています。

また初版発行部数については、いろいろの記録があります。まず、太宰治「「晩年」と「女生徒」」（「文筆」夏季版、昭和十六年六月一日付発行）には、つぎのような言説があります。

「晩年」も品切れになつたやうだし「女生徒」も同様、売り切れたやうである。「晩年」は初版が五百部くらゐで、それからまた千部くらゐ刷つた筈である。「女生徒」は初版が二千で、それが二箇年経つて、やつと売切れて、ことしの初夏には更に千部、増刷される事になつた。「晩年」は、昭和十一年の六月に出たのであるから、それから五箇年間に、千五百冊売れたわけである。一年に、三百冊づつ売れた事になるやうだが、するとと、まづ一日に一冊づつ売れたといつてもいいわけになる。五箇年間に千五百部といへば、一箇月間に十万部も売れる評判小説にくらべて、いかにも見すぼらしく貧寒の感じがするけれど、一日に一冊づつ売れたといふと、まんざらでもない。「晩年」は、こんど砂子屋書房で四六判に改版して出すさうだが、早く出してもらひたいと思つてゐる。売切れのままで、二年三年経過すると、一日に一冊づつ売れたといふ私の自慢も崩壊する事になる。たとへば、売切れのままで、もう十年経過すると、「晩年」は、昭和十一年から十五箇年のあひだに、たつた千五百部しか売れなかつたといふ事になる。すると、一箇年に百冊づつ売れたといふ事になつて、私の本は、三日に一冊か四日に一冊しか売れなかつたといふわけになる。

太宰治「私の著作集」（「日本学藝新聞」第百十二号、昭和十六年七月十日付発行）には、つぎのように記されています。

最初の創作《そうさく》集は「晩年」でした。昭和十一年に、砂子屋書房《ぼう》から出ました。初版《しょはん》は、五百部ぐらゐだつたでせうか。はつきり覚《おぼ》えてゐません。

また浅見淵氏「『晩年』時代の太宰治」にはつぎのような言説があります。

「晩年」は確か五百部ぐらゐしか刷らなかつたと思ふが、印税を払はないとしても、みんな売れたところで殆ど儲けは無かつた。それを太宰君の註文を全部容れて出したのだから、顧みれば僕たちもお坊ツちやんだつたものである。事実、当時は、この五百部すら全部売れなかつたのだ。のち、数年経つて再版の運びに至り、その時になつて漸やつと黒字が出たやうであつた。

さらにおなじ浅見淵氏の「『晩年』の初版について」には、

初版に五百部きりしか刷らなかったが、定価二円が当時としては高かったせいもあるかも知れぬが、半分も売れなかった。それから、二、三年経って、太宰治がパビナール中毒から完全に抜け出し、一応の流行作家になった時、改めて普及版を出したところ、その時になって初めて売れだした。

とあり、また「『晩年』前後」でも、「五百ですね。」といわれています。そして、山崎剛平氏も、「初版五百」（昭和四十五年三月二十二日付山内祥史宛封書）といわれています。尾崎一雄氏「志賀文学と太宰文学」には、「初版五百部であった。」と記されていますが、これが、単行本『わが生活わが文学』（池田書店、昭和三十年十二月二十日付発行）に「太宰君の場合」と改題しておさめられた文章には、「初版一千部であった。」と記されており、また「太宰君の思ひ出」（「太宰治全集月報12」筑摩書房、昭和三十三年九月二十日付発行）にも尾崎一雄氏は、「千部」と記されています。尾崎一雄氏に問い合わせたところ『晩年』初版は千部だった筈です。太宰君の言葉はそのまま信用すると危険な場合があります。」（昭和四十四年十月七日付山内祥史宛封書）と、いわれています。また檀一雄氏「小説太宰治（続）」には、「部数は六百。」と記されていて、小野正文氏「思い出の中に」には、「第一版は二百部と聞いていた。」とあります。以上の諸文から、私はやはり太宰治の文章、および浅見淵氏の文章、山崎剛平氏の書簡にみられる「五百部ぐらゐ」が、もっとも信憑性があると思います。そして「それからまた千部くらゐ刷つた」、と考えておくのが妥当なように思います。なお、尾崎一雄氏「暢気書房昔話」によれば、おなじ砂子屋書房から刊行された『暢気眼鏡』初版も、「五百部つくった」ということです。

ところで、この初版本『晩年』の印象を、斧稜氏「太宰治の文学——青森県出身作家の人と作品——」には、「初版は判の大きい、白々とした装ひをしてゐた。」と記され、さらに小野正文氏「思い出の中に」にも、「白装束のような表紙の創作集であった。」と記されていますが、初版『晩年』は、まさにそのような印象をあたえるものであったと思われます。村松定孝氏も、「太宰治の地点——太宰治　死——」に、この初版『晩年』の印象を、感動をこめてつぎのように記されています。

忘れもしない。フランス綴じの大判の白い表紙の背文字が赤く晩年、黄色の帯が巻いてあつて、帯には佐藤春夫・井伏鱒二両氏の著者へおくつた書簡の写しが小さな活字で上品に組まれてあつたことを。

この『晩年』、浅見淵氏は、「『晩年』の初版について」で「半分も売れなかった。」といわれ、「仲町貞子さんのこと——昭和文壇側面史（第27回）——」では、「初版五〇〇部が半分しか売れなかった。」といわれていますが、「対談『晩年』前後」では、「書店に出たのは四百ぐらい。四百ぐらいで結局百五十冊ぐらい売れた。」といわれています。

V『晩年』献呈の辞

ところで、『晩年』の製本が完了した、六月二十日頃と推定されるその日のことを、尾崎一雄氏「志賀文学と太宰文学」には、つぎのように記されています。

この本が製本屋から届くと、早速太宰君を呼び、山崎、私と三人で、一冊ごとに検印を捺した。検印紙を使はず、直接奥付に捺したのである。一人が奥付のところをめくり出す、一人が印を捺す、一人が十冊づつ揃へて積み上げる、といふやうな作業を、鼻唄交りで時に軽口を飛ばし、時にはみんな手を休めて本をひねくり「よく出来たね」などと云ひながら、やつていた。

また尾崎一雄氏「太宰君の思ひ出」にも、つぎのようにあります。

この本が製本屋から書房へ届くと、書房主山崎剛平からの電報で駈けつけた太宰君は、非常にうれしさうに本をひねくつてゐた。『晩年』の検印は、奥附に直接捺してあるが、千部の本の大部分に、山崎と太宰君が二人がかりで捺したらしい。私も少し手つだつた。

こうして、検印の捺された『晩年』から、献呈用の『晩年』を持ちかえっていますが、それが何部であったかについては、たとえば昭和十一年六月二十八日付中畑慶吉氏宛太宰治葉書に、つぎのようにあります。

本日別封にて、かねてお約束の、創作集をお送り申しあげます。本屋から三十部しか貰へず、どうしても不足で、あんな汚いのを差しあげ、残念でなりませぬ。後日、きつと奥様あてに、きれいな本を差しあげますゆゑ、おゆるし下さい。

しかし、尾崎一雄氏「太宰君を憶ふ——一愛読者として——」(「近代文学」第三巻第九号、昭和二十三年九月一日付発行)には、「『晩年』が出来たとき、太宰君は五十部持つて行き、そのうちからいろんな人に寄贈をしたらしい」とあり、さらに「『晩年』前後」で檀一雄氏は、「百冊は自分でもらったでしょう。」といわれています。このうちどれが事実であるのかわかりませんが、年月日的にいえば、太宰治葉書は『晩年』発刊直後のことですから、記憶としては信用できるとも考えられます。しかし、この葉書で、太宰治が事実をありのままにのべているかどうかは、わからないと思われます。たとえば『晩年』出版記念会の出席者のほとんどには、『晩年』を献呈していると思われますが、その出席者数は三十七名ですから、「三十部」というのは、おそらく事実でなかろうと思います。桜岡孝治氏「船橋時代」(「太宰治全集第二巻月報2」筑摩書房、昭和三十年十一月二十日付発行)にも、つぎのような言説があります。

昭和十一年六月第一創作集「晩年」が刊行されると、その床の間の左に「晩年」を積み重ね、ペンでサインしては気軽に訪客に呉れてゐたが、黄色い帯紙に刷つた井伏鱒二氏の書簡文を照れてもゐた。

またおなじ桜岡孝治氏「太宰治の思い出」(「解釈と鑑賞」第三十四巻第五号「二十世紀旗手・太宰治」昭和四十四年五月一日付発行)にも、つぎのような言説があります。

大学新聞にエッセイを頼むと、一諾し、奥さんにうるさくいって、おしぼり、ビール。近刊の創作集を与えようとした。/「もう、買いました」私は、手ばなしの好意に面くらって、のどから手が出る程、署名本が欲しいくせに嘘をついて了った。作者は非常に羞ずかしそうに、本の山に一冊を戻した。

この桜岡孝治氏の訪問は、昭和十一年七月初旬と推定され、中畑慶吉氏宛葉書の日付、六月二十八日よりのちと考えられます。

さてこの献呈本について、檀一雄氏は「小説太宰治(続)」に、つぎのように記されています。

出来上つて本を持参した折の太宰の喜びやうを、今でも覚えてゐる。太宰は座敷一杯に、「晩年」を拡げ、贈呈本に署名して、とつておきの文句をいちいちしたためてゐた。ただ贈呈する相手によつて、その文句を思ひ思ひの趣向にこらし、ここの処が馬鹿に自慢のやうだつた。時々書きながらクスリと笑ふ。／「何だ」／と、のぞき込むと、／「いいかね、これで」／と笑ひながら、私の同意を求めるのである。／私の分は、例のプーシュキンの、「生くる事にも心せき……」だつた。／書き終ると、太宰は満足さうに、椅子に腰を下して、／「ゲーテの処女出版が幾つの年、プーシュキンが幾つの年、チエホフが幾つの年、志賀さんが幾つの年、春夫先生が幾つの年」／と、いちいち数へあげてゐた。

また、檀一雄氏は「知られざる太宰治―檀一雄氏にきく―」(『太宰治の魅力』大光社、昭和四十一年十一月十五日付発行)で、『晩年』刊行時のことを、つぎのように語っています。

手紙や本を関係者に送るんですが、そのときは大酒を飲んで、その相手に、いや味のあらん限りを、ウワベだけ綺麗ごとにして、書くんだ。リンゴの頬っぺたの色を思い出すよとか……、何だとか。二十円が十円に値切られたうらみだね。太宰の智恵のあらん限りをしぼって、相手を罵倒して書くんだが、そのウワベの美辞麗句とその中のトゲを自慢していたよ。ほめられた相手は、なかったな。

こうして太宰治は、献呈本の見返しに、著者署名と先方の名のほかに、「とつておきの文句をいちいちしたためて」贈ったようです。以下判明しているものだけですが、その「文句」と、これを贈呈された相手の人の、「文句」に対する感想もふくめ、引用していってみたいと思います。

まず檀一雄氏には、右に引用したように、「例のプーシュキンの、「生くる事にも心せき……」だつた」そうですが、おなじ「小説太宰治（続）」に檀一雄氏は、つぎのように記されています。

プーシュキン。これは太宰の西洋気質を刺戟し、導びいた一番のものだつたらう。オネーギンやスペードの女王は、太宰がこつそりと開いて、随時堪能した西洋憧憬の根源である。／「生くることにも心せき、感ずることも急がるる」／これ程鍾愛した太宰の言葉は、他にないだらう。

つぎには、川端康成氏。これもさきに引用したように、「小説と批評――文藝時評――」によれば川端康成氏には、「月下の老婆が「人になりたや」酔ひもせず。」と記されていたようです。さらに、亀井勝一郎氏「太宰治の思ひ出」（「新潮」第四十五巻第六号、昭和二十三年六月一日付発行）によれば、『晩年』出版記念会の席において、

彼はふるへる手で、私に「晩年」を渡した。その扉には筆で大きく、「朝日を浴びて、赤いリンゴの皮をむいてゐる、ああ、僕にもこんな一刻。亀井勝一郎学兄。」とかいてあつた。

ということです。また、平岡敏男氏「わが学友太宰治／遂に散つた〝道化の華〟」（「新聞記者」第三巻第四号、昭和二十三年八月一日付発行）には、つぎのような言説があります。

昭和十一年にでた「晩年」は、太宰の最初の小説集である。これには初期の作品十五篇が収められてある。何回くりかえして読んでもあきない。小説がおもしろいからであろうか。それればかりではない。これらの小説をよむごとに、高等学校時代からそれまでの十年間のかれとの交友が、走馬燈のように、目にうかんでくるからである。

こんどまた本箱から「晩年」をとりだしてみた。とびらに、見おぼえのあるかれの筆跡がなまなましく残っている。「屑の兄、平岡敏男様恵存。炎天下の治。」とかいてある。それから六行にならべて、つぎのようなことばが書かれている。

一、家のまをし子　一、村の神童　一、郡の天才　一、縣の秀才、知事賞　一、都

の麒麟児、諸家注目　一、國の屑

「屑」という字には、わざわざ「くづ」とふりがなをつけている。「國の屑」ということばでかれが、なにを、いおうとしていたかは、せんさくの限りでない。ただ、青森県金木町の大地主津島家の四男として生れたかれが小学校、中学校を通じて、世間的にいえば、頭のいい生徒であつたことはまちがいない。弘前高等学校時代から、この秀才は、そろそろ世間的コースからずれだした。わたしらのやつていた校友会雑誌にかれは「この夫婦」という小説をかいた。それは、当時の風潮に刺激されて社会科学の研究会などをやつていた大学出の気の弱い主人公がある時、労働者出身の、その方面の運動の闘士から「お前達のような青白いプチブルは余計なことをしないでおとなしくひつこんでいてくれ」と、どやしつけられたことから、うーんと考えこんでしまつて、いつのまにか藝者などを細君にし市井の一売文業者になつていたが、たまたま、その主人公の実弟と細君との間に、いまわしい情痴関係が生じたことを書いたものであつた。その時、かれは廿歳であつたと思う。

そして、原奎一郎氏「他生の縁」(「文学草紙」通巻第九号、昭和二十三年八月五日付発行)には、つぎのような言説があります。

太宰治が砂子屋書房から「晩年」を出版したとき、僕は一本を贈られた。小包を解いて本の扉をあけると、そこに「私の父は貴族院議員として開院式に臨んだその夜急逝しました。生前、原敬氏ひとりを尊敬してをりました。治。」と記してあつた。そして「原貢様」と書いてあつた。僕の家へ来たこともあるくらゐだから僕の筆名も知らぬ筈はないだらうに、宛名にわざわざ本名を用ゐてあるのは、何か下心があつてのことか。文士の原奎一郎なんかは知らぬが、原敬のせがれの原貢なら知つてゐるぞといふ意味ででもあらうか。僕は太宰治とひとしく「名門の出」であると同時に、ひがみ根性の点でもいささか太宰型の傾向があるので、かういふ扱ひには人一倍神経質であることを、彼太宰は知る由もなかつたのであらう。

つぎに、尾崎一雄氏「太宰君を憶ふ——一愛読者として——」には、つぎのように記されています。

僕の貰つた分には、片仮名で、「オマヘヲチラト見タノガ不幸ノハジメ」とある。出典があるのだらうが、僕には判らない。この文句を見たとき、随分気負つてゐるな、と思つた。いかにも野心たつぷりな、そして可なり気取つた若い藝術家、といふ感じが来た。この感じは、太宰君の作品を、その殆んど書き初めから読んでゐた僕には、いかにもぴつたり来るものだつた、「晩年」の巻頭には「葉」がある。「葉」の題詞――／撰ばれてあることの／恍惚と不安と／二つわれにあり／ヴエルレエヌ／太宰君の生涯をつらぬいた心情はこれであり、彼の藝術家としてのあらゆる姿態の拠りどころはここにあつたと思ふ。さうしてまた、「葉」の書き出しは、／死なうと思つた。／といふのだ。第一小説集の巻頭小説の、第一行。／「撰ばれてある」などと云ふこと、極く若い時に、「チラ」と見たと思つたか思はぬに、早速握りつぶしてしまつた僕などから見ると、太宰君の仕事は、あるひは天上の花であり、地獄の華であつたらう。真似をする気もないが、真似出来ぬことも確かである。それだけに、僕は太宰君の作品が好きであつた。（略）／だがしかし、今度の太宰君のやり方には、極めて不賛成だ。「オマヘヲチラト見タノガ不幸ノハジメ」――その不幸とは、藝術家にとつ

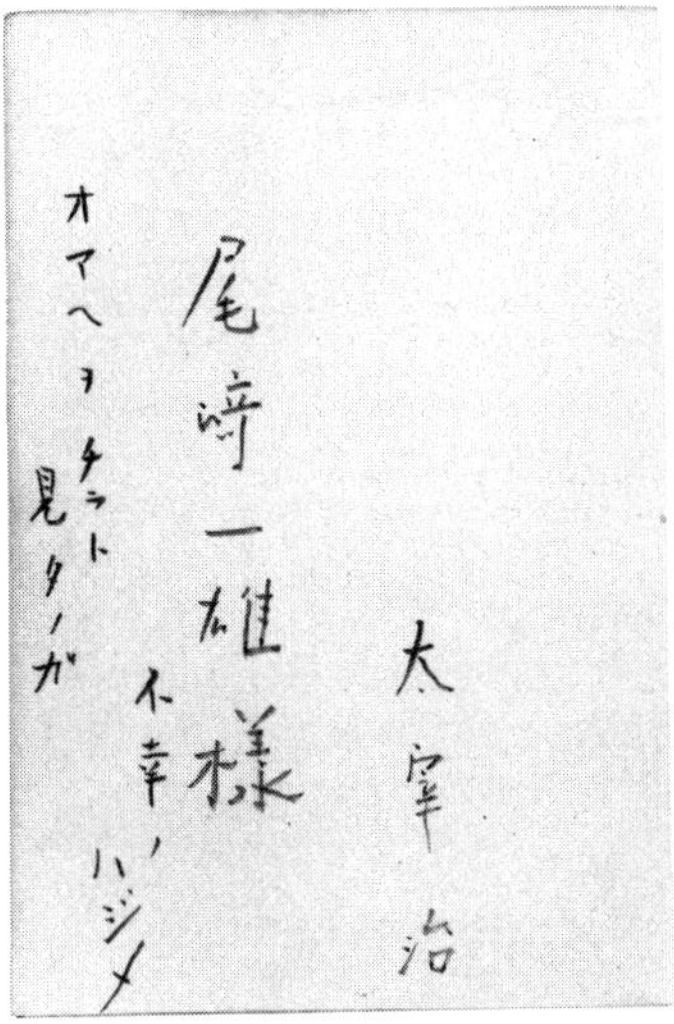

『晩年』尾崎一雄宛献辞

ての至福たることを信じてゐたくせに、その結末をこんなふうにつけるとは。つけなければならなかつたとは。太宰君。

豊島与志雄氏「解説」(『太宰治全集第一巻』八雲書店、昭和二十三年九月一日付発行)には、つぎのように記されています。

――ツネニ、ワガ心ノ一隅、暗鬱ノカゲ、キミノカゲラシ。／これは、『晩年』が出版された当時、その書物の冒頭に、太宰治が私へ書いてよこした文句である。キミノカゲラシの「キミ」は、それ故、こゝでは私自身のことになるのだが、それは一つの仮託であつて、実は特定の個人を超えた大きなもの、謂はゞ人生そのものと言つてもよからう。つまり、人生の暗鬱の影を、幾人かの者は共同で背負つてゐた。／その影はどこから来るのか。文学をやる者が宿命的に持つところの、失はれた完全人への夢想、現実の歪曲された人間性への憤り、そして魂の彷徨。まさに、太宰の魂は、愛情に満ち溢れ、美を求めて、彷徨の旅を続けるのである。

また竹内俊吉氏「断片」(「月刊読物」第一巻第六号「特集太宰治をおもう」昭和二十三年九月一日付発行)には、つぎのようにあります。

「あざみの花がお好きとか…」

扉に、毛筆でそう書いた「晩年」のプレゼント。それに添えた手紙に「すつかり丈夫になり、ものもよく書けます。こゝ一、二年のうちにきつと御期待に添うことができると思います。」

さらに今官一氏「碧落の碑——「善蔵を思ふ」について——」(辻義一氏編『太宰治の肖像』楡書房、昭和二十八年十一月五日付発行)には、つぎのように記されています。

《晩年》が一本になつて、出版されたとき、彼は、その本の扉に、次のやうな献辞を認めてくれました。/『誠実、花咲いては愛情、仕事場に在りては敬意、燃えては青春、夜、夜、もの思ふては鞭。誠実、このぎりぎりの一単位のみ跡にのこつた。』/これを、そのまま、文字どほりに、私への献辞として読むならば、私は、彼を私の『親友』と、信じてよろしいでせう。むろん、別な意味があつたところで、彼を、私が、私の『親友』だと信じてゐることには、変りがなかつたでせう。また、彼が、どう考へてゐやうと問題ではありませんでした。私は、彼こそ、信頼するに足る私の「旗手」だつたと、信じて疑はなかつたのでした。

同書に収載の菊田義孝氏「浮草」には、つぎのような一節がみられます。

私のある友人は、「晩年」の写真が非常にいいと言つた。その友人から、私はその初版本の「晩年」を、自分が持っていた河出書房版の「現代詩集」(全三巻)と引き替えに譲り受けたのである。その本は、友人が東中野の古本屋で買つたもので、見返しのところに太宰さんの署名があり、「生くることにも心せき感ずることも急がるる」という、「懶惰の歌留多」の中の一句と、その本を贈られた人の名前とが、乱れた墨の字で書かれてあつた。果して太宰さんの真筆かどうか、半信半疑ながらに、友人が珍重していたものを、私がいわば、現代の日本詩壇と「晩年」一冊を引きかえるといつた意気込みで、交換して貰つたものであつた。

その他、『晩年　太宰治全集第一巻(近代文庫18)』所載の津島美知子夫人「後記」には、「当時太宰はこの本を先輩、友人にそれぞれ心をこめた献呈の辞をしるして贈りました。その中のいくつかを左にしるします。」として、さきに引用した豊島与志雄、今官一、川端康成、檀一雄、亀井勝一郎の諸氏宛のもののほか、つぎの二氏宛のものが引用されています。

伊馬鵜平氏へ／佐藤さんからは温かく大いなるギリシヤ王道を、井伏さんからは厳酷恐恐のスパルタ訓練を而して伊馬さんからは人間本来の孤独の姿を。

中村地平氏へ／みんな　みんな　やさしかつたよ。

また『太宰治(日本文学アルバム15)』には、「献呈本の扉」として、つぎのふたつが複

写されています。まず高校時代の止宿先「藤田様／皆様。」宛には、

御一家ヲ、／コノゴロ夢ニ見マス、／不思議、ホトンド毎夜。／十年間、／黙々御支援、／黙々深謝。

とあり、いまひとつには、

生くることにも心せき／感ずることも急が／るる／太宰治

とあります。後者はあるいは菊田義孝氏が「浮草」で紹介されている本かもしれません。

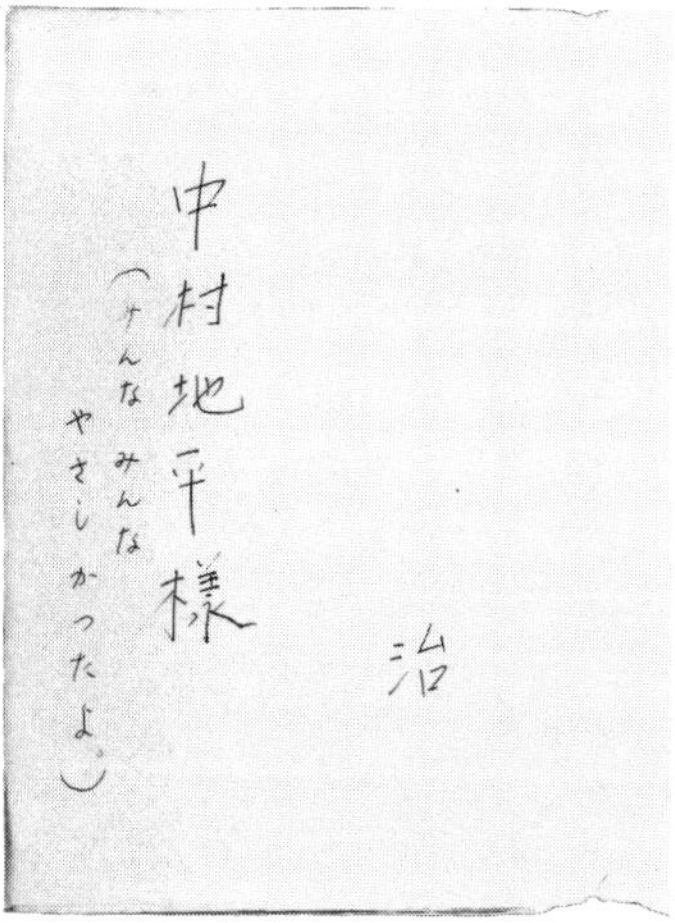

『晩年』中村地平宛献辞

さらに、武蔵野病院時代の主治医中野嘉一氏の「精神科入院時代の太宰」（「新潮」第六十二巻第九号、昭和四十年九月一日付発行）には、つぎのような言説がみられます。

退院する時、彼は記念だといつて第一創作集「晩年」を私にくれた。これは、貴重な蔵書の一冊として、私が南方応召中、妻が疎開して置いたため、幸い焼け残つたもので、三十年近くにもな

り、大分表紙など色褪せ、しみもついているが、今書架に大切に保存されている。その扉には、ペン書きで、／ひとりゐてほたるこいこいすなつぱら／という俳句と次のような言葉が書かれている。／「君は私の直視の下では、いつもおどおどして居られた。私をあざむいた故に非ずして、この人をあざむいてゐるのではないかしら、といふ君自身の意識過剰の弱さの故であらうか。私たち、もつときつぱりした権威の表現に努めようね」／太宰治／中野嘉一様／これはよく分らないが、私に対する複雑な皮肉、諧謔性を織りまぜたものであろう。「人間失格」の中に「金魚も飼放ちあるのみにては、月余の命保たず」という言葉があるが、鉄格子の中で、虐められ、あざむかれたという例の自虐意識から来たものの表現ではないかと思う。

また『没後二十年太宰治展』にも、「『晩年』初版本と扉の献呈の辞」の写真が所載されましたが、その「小館善四郎学兄」宛には、

（ワレヨリ／カナシミ／フカキモノ）

とあり、「小館保様」宛には

自信モテ生キヨ／生キトシ生クルモノ／スベテ　コレ　罪ノ子ナレバ。

A氏「ワレヲ罪セヨ、ワレ七度ノ七十倍、／虚栄ノイツワリノ約束シテ、／シカモ

七度ノ七十倍、約ヲ破リヌ」／B氏「アア、ワレヲ殺セヨ、ワレソノA氏／以上。ワレハA氏ヲアザムキシコト無数。」／C氏「ソノB氏ヨリ、アスカヘスト、マツカナ／イツワリ言ウテ、七十円カリタルモノ、私。」

とあります。

また小山祐士氏「麻薬と芥川賞――処女作のころ――」(「新潮日本文学35／第7回配本／太宰治集／月報7」新潮社、昭和四十四年三月十二日付発行)には、つぎのように記されています。

私が貰った「晩年」の見開きには、次のような文字が書いてあった。／小山祐士様／治／長江／立ちつくし　物を思へば／ものみなの　ものがたりめき／わがかたに月かたぶきぬ

その他現在、私に判明していることを紹介しておきますと、まず石上玄一郎氏の教示によれば、

お尋ねの「晩年」献辞の件、小生に対しては左の通りです。／「君と逢ひ思ふことあり／蚊帳に哭く」(昭和四十四年五月六日付山内祥史宛)

ということです。これに似た文面が、昭和十一年六月四日付浅見淵氏宛太宰治葉書に見当

たります。参考までに記しておきますと、それには、「「君を送り思ふことあり蚊帳に哭《な》く」録子規句。艶書では、ございませぬ。藝術家より藝術家への神聖厳粛の謝意を吹き込み、風に託して一葉。」とあります。また、中谷孝雄氏によれば、

「晩年」さがしてみたが見当りません。しかしその本の献呈の辞は『中谷さん　あなたは松だ』だったと記憶しております。（昭和四十四年五月十一日付山内祥史宛）

ということでした。その後に発表された中谷孝雄氏「日本浪曼派」（「群像」第二十四巻第十一号、昭和四十四年十一月一日付発行）には、つぎのような言説がみられます。

太宰はその『晩年』を先輩知友に寄贈するに際し、相手にふさはしいやうな短かいことばを本の扉に書いてゐるが、私への本にはこんなことが書かれてゐた。

「花は散る、中谷さん、あなたは松だ」

私は太宰の好意に感謝した。その癖、私は太宰の小説を好きになれないのであつた。太宰はにせ物ではない。本物も本物、真性の本物に違ひないが、私の好きな本物ではないやうだつた。

同様のことを、中谷孝雄氏は「思い出の人」（「太陽」第九十九号「特集小説太宰治」昭和四十六年八月十二日付発行）にも、つぎのように記されています。

十一年の六月には処女作集『晩年』を砂子屋書房から出版するまでになった。太宰はその本を先輩知友に寄贈するに際し、相手の人にふさわしいような短い言葉を本の扉に書きつけたが、私への本にはこんなことが書かれていた。

「花は散る、中谷さん、あなたは松だ」

その言葉には私の自尊心に媚びてくる何物かがあったようだ。

しかし、「鼎談太宰治と編集者」(「著者と編集者」第一巻第四号「特集―太宰治と編集者」昭和四十五年六月一日付発行)で、菊田義孝氏は、つぎのような発言をされています。

あの「晩年」の初版本でわからないことなんだけどね、あの昭和十一、二年頃かな、東中野の古本屋で僕の友達があれを一冊買ったんだよ、それに署名してあったんだよ。それが中谷孝雄様宛なんだよ、それで〝生くることにも心せき、感ずることも急がる〟と見返しに書いてあるんだよ。カルタの文句みたいなもの書いて贈ったんだよ。みんなにね、その一冊だと思って持ってたんだよ、いまはなくしてしまったけど、その本のことを最初に太宰さんに会った時に、こんな本を手に入れたんだけどほんものでしょうかときいたんだよ、そしたらね、カルタの文句書いてあるかっていうからね、あの〝生くることも……〟て書いてあるといったら、じゃほんものだろうといってましたよ。ところが此の間ね、中谷さんがあの当時のことを書いていた小説の中でね、あの貰った本のことをね、その本の中に〝中谷さんあなたは「松」だ〟って書いてあったっていうんだよ。だから僕が買ったのはなんだったんだろうと思ってね。中谷さんが二冊も貰ったわけではないだろうしね。まさか太宰先生がこんなこと書いて古本屋に売りにいったわけじゃないだろうし。(笑)

菊田義孝氏は、前に「浮草」で言及された、所蔵の『晩年』に記載されている「その本を贈られた人の名前」が「中谷孝雄様」であることを明らかにされています。

滝井孝作氏「作品に付いて」(「文学界」第七巻第九号「太宰治人と作品」昭和二十八年九月一日付発行)によれば、「『晩年』といふ短篇集を一冊贈られた」とのことですが、「この本は保存してあるが、今どこかに蔵ひこんで一寸探し出せない」ということです。また外村繁氏遺族外村晶氏は、「『晩年』については、私、以前に読んだ記憶があり、所蔵されていることは間違いないと思いますが、すぐに探し出される状態になっておりませんので、判りましたら後程御連絡申し上げます。」(昭和四十四年五月三日付山内祥史宛)といわれています。

私の「晩年」も、来月早々、できる筈です。できあがり次第、お送りいたします。昭和十一年四月七日付淀野隆三氏宛太宰治封書には、しやれた本になりさうで、ございます。

とあります。しかし、淀野隆三氏遺族綾子夫人も、「申し越の件は一寸見あたりません。」（昭和四十四年五月八日付山内祥史宛）といわれています。井伏鱒二氏は、さきに引用したように尾崎一雄氏「志賀文学と太宰文学」によれば、「この本は、どういふわけか、僕にくれなかつたんだ。」と語られたそうですから、おそらく所持されていないのでしょう。小野正文氏も、

晩年の献本は、小生にはございません。太宰が、出来次第くれるとい丶ながら、くれなかったので、紀国屋で初版を買いました。（昭和四十四年五月七日付山内祥史宛）

といわれ、山岸外史氏は、

「晩年」が出来あがった日でしたが、彼が上野桜木町の砂子屋書房から歩いて、僕の当時の住居文京区千駄木町の光風荘にやってきました。「晩年」を懐中にして、満面悦びでした。「漸く出来た。これが第一号だ」ということで、それに署名して僕に手渡ししたのでした。たぶんその通り第一号だと思います。外装の帯は、佐藤春夫氏から僕宛の手紙を利用したものですから、そんなこともあったのでしょう。献辞はあったかなかったかおぼえていませんが、下手なことを書くと僕が文句をいうので書かな

かったかも知れません。僕の机の上で、さっと書いたことをおぼえています。このことはどこにも書いていません。(昭和四十四年五月六日付山内祥史宛)

といわれています。楢崎勤氏「太宰治氏への手紙」によれば、「あなたの始めての大判の創作集『晩年』ほか幾冊かの、あののびのびした筆蹟のある署名本は、戦災で、他の蔵書とともに焼いてしまひ、いまは手許に一冊もありません。それとともに、あなたから頂いた幾十通かの手紙もすつかり焼いてしまひました。」ということで、さらに「献呈の辞も忘却。」(昭和四十四年五月六日付山内祥史宛)といわれています。昭和十一年六月二十九日消印の中畑慶吉氏宛小山初代封書には、「この間主人の最初の創作集「晩年」が出来て参りましたから今日お送り申しました。お受取り下さいませ。」とあります。しかし、中畑慶吉氏も、「昭和十九年、廿一年両度の大火にて焼失手元にありません」(昭和四十四年五月六日山内祥史宛)とのことです。那須辰造氏も、「小生戦前同君から贈られた本、手紙をすべて戦災で焼かれてしまいまして、お役に立つようなお答えすることが出来ず残念です。」(昭和四十四年五月八日付山内祥史宛)とのことでした。しかし、川島幸希氏「芥川と太宰の識語本」(「初版本」終刊号、平成二十年十二月三十一日付発行)によれば、那須氏宛献本は現存していて、つぎのような献辞が記されているようです。

あざむかれることの／たのしさ

さらに飛島定城氏も、「当時所持しておりました資料も新聞社生活でのたびたびの転居で散逸し現在では何も残っておりません。」(昭和四十四年五月十日付山内祥史宛)といわれ、中村貞次郎氏は「『晩年』初版の献呈の辞は、不明です。記憶も今ではありません。」(昭和四十四年五月十八日付山内祥史宛)といわれ、衣巻省三氏も「実は戦争で凡てやいてしまい、御意にそいかねます。」(昭和四十四年六月一日付山内祥史宛)といわれています。なお当時芥川賞選考委員の一人であった山本有三氏は、「太宰様とは年代もちがいますし残念なことに何の交渉もございませんでしたのでなんの資料も持ち合わせておりません。」(昭和四十四年五月六日付山内祥史宛)といわれ、また「文学界」で太宰治と関係したと思われる河上徹太郎氏も、「乍生憎、御尋ねの資料も記憶も私にはあ

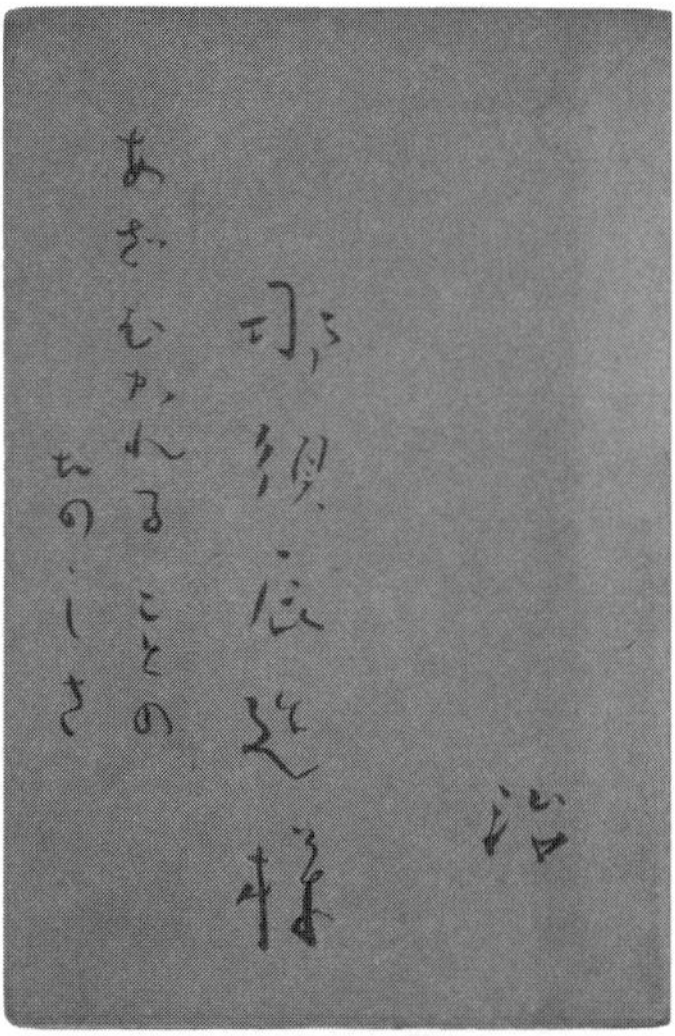

『晩年』那須辰造宛献辞

りません。」（昭和四十四年五月八日付山内祥史宛）といわれています。

城市郎氏「太宰治の本」（『初版本（桃源選書）』桃源社、昭和四十六年九月二十五日付発行）には、つぎのように記されています。

所蔵本の見返しには、「治　土屋清志様　七度の七十倍だまされよ」と墨筆。

これは川島幸希氏「芥川と太宰の識語本」によって気付きました。

昭和四十七年二月十二日付山内祥史宛伊藤誠之氏封書によれば、つぎのように記されています。

鳴海和夫氏への献呈の辞は「頭でつかちの弟よ、兄はいつでも命をあげる。」だったと昨夏金木に行った時、氏から直接お聞きしました。

川島幸希氏「芥川と太宰の識語本」によれば、昭和六十一年八月発行の「一誠堂古書目録」に掲載された、大阪朝日新聞社白石凡氏宛の「（ひとりゐて　ほたるこいこい　すなつぱら。）」が存在するそうです。

初出版『太宰治全集第一巻』（筑摩書房、平成元年六月十九日付発行）に所掲の拙稿「解題」では、その時点で判明している範囲内で、つぎの十八氏宛の献呈の辞を紹介しました。

川端康成、亀井勝一郎、原貢、尾崎一雄、竹内俊吉、豊島与志雄、檀一雄、今官一、伊馬鵜平、中村地平、藤田家、中野嘉一、小館善四郎、小館保、平岡敏男、小山祐士、上田重彦、中谷孝雄。

川島幸希氏「献呈・識語のある初版本(13)／『晩年』識語入り」(「日本古書通信」第六十一巻第二号、平成八年二月十五日付発行)では、北村秀雄氏宛のつぎの献呈の辞が紹介されました。

あはれ／憩へる帆は／なべて　汚し

なお、川島幸希氏著『署名本の世界』(日本古書通信社、平成十年六月十日付発行)には、「太宰治」から「山崎剛平雅兄」宛の『晩年』山崎宛献呈本」が写真で紹介されています。

尾崎秀樹氏「私が好きな「太宰」の一冊／『晩年』」(「週刊小説」第二十七巻第十三号、平成十年六月二十六日付発行)によれば、尾崎秀樹氏の「愛蔵している」『晩年』の見返しには「手招きを受けたる童子、いそいそと壇にのぼりつ」とあるといいます。「これは大鹿さんに贈ったもので、それをゆずり受けたのだった。そのこともあってアンカットのままになっている。」と記されています。大鹿卓氏宛のものと理解されます。

日本近代文学館編『図説太宰治(ちくま学藝文庫)』(筑摩書房、平成十二年五月十日付発行)には、「愚弟修治」から「(六月二十八日)」付の「文治兄上様」宛の「不報大恩」と「『晩年」の見返しに書いた献辞」が写真で紹介されています。

川島幸希氏「芥川と太宰の識語本」には、「新居格学兄」宛のつぎのような識語が紹介されています。

アノトキ　太宰ヲ見ツケテ　歓喜ノオ言葉　神ニチカツテ　ケガレナク　正シク純粋　生マレツキ　気弱ノアナタハ　言ヒ終ヘテ　ツギノ瞬間　ヨロメイタ　コノ世デ最高　カナシキ影ノヒトツ

また、川島幸希氏「『晩年』の署名本」（『太宰治研究22』和泉書院、平成二十六年六月十九日付発行）では、鷲尾洋三宛、献辞—「ここはどこの細道ぢや　鬼ヶ島の細道ぢや」他、北村秀雄、那須辰造、新居格、山崎剛平、木山捷平の各氏宛の五冊の献呈署名本が紹介されています。

まず、木山捷平氏宛。これは「木山捷平學兄」と「宛名のみ書かれ、献辞がない」ということです。いま一冊は、「『晩年』再版献呈署名本」で宛名は「加藤富蔵」。署名の時は「十二月二日」で「献辞」はつぎのように三カ所に記されている、といわれています。

見返し—「ナタアシヤ　わたしは　こよひ　捨てられる」

函表面—『カルメン』　あら　あたし　いけない　女？　ほらふきだとさ　わかつ

ているわよ　虹よりも　しんきらふよりも　きれいなのに　いけない？
（判読不明）　十二月二日」

函裏面―「『手紙といふ勿体（ママ）の知れない言葉に私はほと〳〵こまりました。』と彼女
は言ふ」

なお、佐賀大学に久富邦夫氏宛の『晩年』献呈本が所蔵されていると、聞いています。多くの『晩年』の献辞を検討してこられた川島幸希氏は、つぎのような感想を述べられています。

一見して「いかにも太宰らしい」と評されそうな『晩年』の献辞は、実は『晩年』固有のものなのだ。思うに「遺書代わり」の本の献辞だからこそ、何を書こうが怖いものなしであり、非礼無礼も承知の上、と太宰は開き直っていたのであろう。

Ⅵ　『晩年』の広告

さて山岸外史氏著『人間太宰治』に、「『晩年』出版」と題する章があります。その一節に、昭和十一年六月二十七日付山岸外史氏宛葉書の、つぎのような言説が引用されています。

帝大新聞へ大きく「晩年」の広告を出します。二枚のスイセンのお言葉、大至急達にて、下谷区上野桜木町二十七の砂子屋書房あてに、たのみます。「天才」くらゐの言葉、よどみなく自然に使用下さい。兄のマンリイなる愛情を期待する。他日お礼に参上。

この太宰治の依頼に対して山岸外史氏は、「『晩年』出版」において、

批評ということになると、極端なくらい厳格なぼくのつもりであっただけに、この「天才」にはほんとに困った。いかに太宰であっても、この言葉だけはそう安価に売るわけにはゆかないとも思った。

と記され、「懊悩」のあげく、つぎのような経過になったと記されています。

漸く、「鬼才」という言葉に思いあたった。（そのとき、ぼくはニヤリと凄い微笑を心の暗闇のなかで漏らしたはずである。）周囲をみまわすことはなかったが、たしか、「天才と書きたいが鬼才である。天才の域に達せんとしている鬼才である」といったようなことを書いたはずである。良心と批評の真実と、それから友情とがぎしぎしいっているような下手な文章だったと思う。あるいはよく練りあげたかも知れない。批評はなんといっても冷酷無慙にならないとできない仕事である。今日思っても、いささか冷汗をかくようなところがあるが、その文章を砂子屋書房に送ったはずである。このときくらい、太宰に困らせられたことはない。／それから三日目の六月三十日付で、太宰からハガキを貰っている。／取リアエズ粛然タルオ礼、申シノベマス。近日オ礼ニ参上イタシマス。委細ソノ折、談笑。不一。

これに関し、私も以前山岸外史氏から、つぎのような文面の葉書をもらったことがあります。

ことに、太宰を応援した初期の頃のことをおもいだします。なにもかも不明になってはいますが、その頃東大新聞に書いた筈です。例の「天才」として書いてくれという注文に弱ったときです。（昭和三十七年十二月二十八日付山内祥史宛書簡）

さて、これらの太宰治葉書、および山岸外史氏の文章によりますと、昭和十一年六月二十八、九日頃、山岸外史氏が「帝大新聞」への『晩年』広告のための「二枚のスイセン」文を草し、「速達にて」砂子屋書房に送付されたことになります。その「二枚のスイセン」文、山岸外史氏の記憶では、「その頃東大新聞に書いた筈」ということで、太宰治の依頼状も、たしかに「帝大新聞へ大きく「晩年」の広告出します。」となっており、さらに「『晩年』前後」では檀一雄氏も、「『晩年』の広告は東大新聞に出しました。」といわれていますが、檀一雄氏によれば、「文章は太宰自身が作ったのが半分で私が半分作ったのかな。かなり大きな広告でした。」とのことです。これらの諸文に即し、調査してみたところ、「帝国大学新聞」掲載の『晩年』広告は、第六百三十四号(昭和十一年七月六日付発行)第一面に掲載されていました。それには、山岸外史氏の文章は掲載されておらず、中村地平氏の文章が掲載されています。その中村地平氏の文章は、つぎのようなものです。

太宰治は新しさを言はない。**太宰治**は時代性を意図しない。然も、**太宰治**の作品に、われわれ同時代が接した時限りない共感と、耐へられない反撥とを感じる。世の評家の顰みに倣つてこれを言へば、時代の意識過多を、現代の虚無を、このやうに見事に、結晶させた作家は他にないのである。文学の真の新しさとは、真の時代性とは、このやうなものを言ふのであらう。／**太宰治**は、彼が蛆虫と観じたる人間を、而も何が故に、生命を堵して祈るが如く愛さずには居れぬか。**太宰治**は空中につかの間なる病軀を擁して、然も何が故に、とはに華麗なる楼閣を描くの愚を繰返さねばならぬか。ここにわれわれの思ひが到る時、彼の比類なく美しき抒情の精神も、白昼夢の如く怪しき描法も、既に我我には問題の外に在る。**「晩年」**一巻の書によつて発足する彼が文学的生涯に、我我が、我我の友情と藝術意欲の凡てをかけて、これを凝視するところである。／**「晩年」**の書一巻こそは、実に安易と旧套とに堕せる先人へ、青春の名に於いて発せられた抗議の書であり、汚辱と低俗とに充てる現実へ、藝術の名に於いて挑まれたる挑闘の辞である。／**（中村地平）**

これは、「文筆」創刊号（第一巻第一号、昭和十一年八月一日付発行）所載、中村地平氏の「「晩年」の讃」全文が、広告として使用されたものです。ただし、「文筆」所載の「「晩年」の讃」そのままの引用ではありません。読点および字句の訂正が、若干指摘できます。「文筆」では、「われわれ同時代が接した時、限りない共感と、……」とあり、また「彼が蛆虫と観じたる人間を、然も何が故に、……」とあり、さらに、「ここにわれわれの思ひが至る時、……」とあり、また「……既にわれわれには問題の外に在る。」とあり、「われ

「文筆」裏表紙広告

われが、われわれの友情と藝術意欲の凡てを懸けて、これを凝視する所以である。」とあります。また「帝国大学新聞」の、「太宰治」「晩年」のゴシック体使用は「文筆」にはなく、すべて明朝で印刷されています。なお「帝国大学新聞」の広告には、無署名で、つぎのような言説が添えられています。

作者はこの書のなかに生涯を浪費した。この空前の浪費家が藝術に堵した懸崖の書。みづから美神を扼殺する至高誠実の陥没と昇揚。鬼才**太宰治**の双眸せまつて鬼気啾々！

この文章は、『晩年』の広告にかなりよく用いられているものです。文中「鬼才」とはありますが、しかし、おそらく、山岸外史氏の手になるものではなく、檀一雄氏あたりであろうと思っています。檀一雄氏「小説太宰治（続）」には、「雑誌、新聞の広告の文案は、一切私が引き受けた。」と記されています。しかしあるいは、「太宰自身が作ったのが半分で私が半分作った」というのが、この文章であるのかもしれません。それはともあれ、では山岸外史氏の文章は、どうなったのかといえば、砂子屋書房刊「文藝雑誌」が廃刊され、「それに代つて」(「文筆」創刊号「後記」)刊行された「文筆」創刊号に、「太宰治の短篇集「晩年」を推薦する」と題して掲載されている文章が、それではないかと思っているのです。その「文筆」創刊号は、太宰治『晩年』と仲町貞子『梅の花』(砂子屋書房、昭和十一年六月二十五日付発行)との、宣伝特集の感があります。「目次」をみますと、つぎのようになっています。

このうち中村地平氏の文章は、さきに引用したようなものです。山岸外史氏の文章は、目次には「太宰治氏の短篇集「晩年」を推薦する」、本文には「太宰治の短篇集「晩年」

を推薦する」となっていて、つぎのようなものです。

ひとりの作家を、心から、推薦するといふことは容易なことではない。世の中の人々は、もう、誇張され誇大されきつてゐる『広告用の文章』に馴れきつてゐることだし、推薦者みづからが、恐らく、『自分のこれら言葉が、果して、ひとつも嘘を含まない真実のものであらうか。』と疑つてさへゐるものだからである。／けだし、僕みづからは、一無名の批評家に過ぎないのだが、いまだ曾つて、ひとつの推薦状をも、世間にむかつて発表したことは全くなかつたからである。――忌憚なく言つて、『まだ、この作家、この真実の友には、疑つてもいい何等かの不足と不満とがあることを、確実な気持で断言出来るからである。』ほかの言葉でいへば『この作家の溢れに溢れてゐる豊饒な才能は、さらに深い名作を描き出すだけの能力をもつてゐる。』と確信してゐるからである。／――けれども、これほど、その華麗なる才能に就て信頼のおける生きてゐる作家を、僕は、曾つて、知らなかつたといふことに就ては、何等の疑惑なしに、これを、世間にむかつて発表出来ることを、『文学の友人』として、僕は、心深く欣快に感じてゐるところである。／たつた或る一夜、――病院の汚い一室で――僕は不覚にも『あゝ、この男は、ことによると天才かも知れない。』と深く感じた数秒の時間のあつたことを、寧ろ、潔く、公言することをさへはゞからないからである。／『晩年』の各作品を三回熟読し給へ』文章することをさへ羞らひ、自分のよき心を公表することに、躊躇してゐる作家太宰治の真実ある人間性を、必らず、諸君は、文章の背後に発見するであらう。そこには『文学』とはなんであるかといふ『どん底の問題』を包蔵してゐるのであり、作家としてのあまねき苦悩の内包されてゐること を諸君は諸君の眼で見るに違ひないことを約束出来るからである。／『晩年』は必らず『心ある人々』の友になり得るだらう、ここには、明らかに『藝術』と『真実』とがあるからである。

右の文中には、「天才」の語に関する山岸外史氏の使用がみられます。おそらくこれが、昭和十一年六月二十七日付葉書で太宰治に依頼され、六月二十八、九日頃書かれた「二枚のスイセン」の文章ではないかと、私は思っています。なおこの「文筆」には、太宰治の「「晩年」自讃」と題する文章が掲載されていますが、これは、『晩年　太宰治全集第一巻（近代文庫18）』の帯、および、同書津島美知子夫人の「後記」に引用された「「晩年」自讃」の一節でわかるように、「文藝雑誌」創刊号掲載「もの思ふ葦」の裡の『晩年』に就いて」と同文です。ただし同文といっても、その全文ではなく一部省略されています。すなわち冒頭は、「私は、信じて居る。この短篇集、晩年は、年々歳々、いよいよ色濃く、きみの眼に、きみの胸に滲透して行くにちがひないといふことを。」からはじまり、結びは、「答へて曰く、「われは、いまの世に二となき美しきもの。メヂチのヴイナス像。いまの世のまことの美の実証を、この世にのこさむための出版也。」」でおわっています。この間の文章が、全文、句読点にいたるまでいささかの相違もなく、「『晩年』に就いて」がそのまま掲載されています。

さて、「文筆」創刊号と同じ昭和十一年八月一日付発行の「日本浪曼派」第二巻第六号、八月号にも「太宰治著／創作集晩年新刊」の広告が掲載されていて、つぎのような、亀井勝一郎氏の言説が掲載されています。

病める貝殻にのみ真珠は生れるといふ言葉がある。太宰治の「晩年」を読み、私は心からの喜びと、暗膽たる悲しみとに閉ざされつゝこの言葉を想起したのである。彼も畢竟時代の子であつた。しかも時代の継子であつた。天性自己の撰ばれたるものたることを確く信じ、その恍惚と不安とを彼は生きてゐた。この高い誇りの故にいかばかりダス・ゲマイネへの憤怒と復讐にみたされたか、私は全作品の根底にその争闘の苛烈さをみる。鋭敏な感受性は、あらゆる罪禍をわが身にひきうけるものだが、かゝる試練は、遂に彼の精神を風化した。しかも無類のダンディズムは、世紀のはげしい波濤を知りつゝ、敢へて語らず、敢へて悲愴を粧はず、深海の底ふかく身を横へて只ひたすら巧緻な真珠をのみ友の前へ送らうと心がけた。世評は屢々彼を不健全な逃避者として誤認した。また美しい真珠に眩惑されたものは、彼のひそかに抱いてゐる貝殻の悲しむべき意味を悟らない。「晩年」は悉く太宰治の青春の記録である。何故、彼は自己の青春を晩年と呼んだのだらうか。傷《ママ》ける浪曼派の運命を最も深く担つたひとりとして、彼は生きつゝ自己の墓碑名を人工の極致をもつて描いた。人はこの創作集に接して、「死ぬるとも、巧言令色であれ」といふ鉄則の、天才的実現をみるであらう。（亀井勝一郎）

亀井勝一郎氏が、太宰治に依頼されたのかどうか、不明ですが、評文の最後に「天才」の語がみられ目を惹きます。この問題は、同じ「日本浪曼派」同人の保田与重郎氏「佳人水上行」にも、「天才」の語がみられることなども念頭に、検討する必要があるでしょう。ところで、山岸外史氏宛『晩年』推薦の文章を依頼するよりも四日前、昭和十一年六月二十三日付今官一氏宛葉書でも、『晩年』の推薦文を依頼しています。それには、つぎのようにあります。

別封「晩年」お送りいたしました。一度、御高評ぜひとも聞きたい。／◎激賞の広告文（三枚位）かいて下さい。／新聞の広告に要用。

このとき依頼した今官一氏の推薦文は、「日本浪曼派」九月号（第二巻第七号、昭和十一年九月一日付発行）所載の特集、「晩年・桐の木横町」の裡の文章ではなかろうかと思います。その特集は、つぎの四文からなっています。

前の二文が『晩年』の推薦文、あとの二文が伊馬鵜平氏著『桐の木横町』（西東書林、昭和十一年六月二十二日付発行）の推薦文ですが、まず沢西健氏「王者の宴」は、つぎのような文章です。

「晩年」一巻、誠に颯爽たる覇気の書である。かくも壮烈な覇気に満ちた書が此頃他にみられるであらうか。此処に世の俗情は高手小手に縛り上げられ、組みひしがれ高らかなるもの、純粋なるものが王者の如く君臨してゐる。人よ知るか、此の、身を捨てて繰りひろげられたるはかなき王者の宴の愉しさを。まことのある人よ、愚かなるものの賤しき言葉に耳をかす要は毫もない。此の王者の宴に共に共に集ふがよい。ほかになにができるか。／聡明ということがある。世の俗情にまじり気ない心で反抗してゐてはとてもたまらないことを知つてゐる。ある種の不純なるものを許し、あるずるい妥協をして双方仲よくまとめて生きてゆく。それが神に与へられた生命を保つ唯一の方法であるといふ聡明な知識がこれを許す。さういふ聡明さに依つて生きたのが「晩年」の前の時代であつた。が、この聡明さには、それは立派なたゞ一つ残された方法ではあるかもしれないが、一つのずるさ（凡そ人間として最後のずるさと云ふべきであらう）が介在するのは明らかである。そのずるさをさへ許しえなかつたのが「晩年」の作者太宰治であつた。それは彼にとつて実にデモーニツシユなものであつた。たとへそのためにいかに傷つき死を堵しても彼は此のずるさを追ひつめ、この聡明さを破壊しつくさずにはをれなかつた。それは自ら彼の前の時代にとつて恐るべき脅威となつた。彼の出現の与へた大きな波紋によつてそれは知ることができる。そしてかゝる彼の存在は彼の次の時代者にとつても他に見られない実に重大なる意義を持つに至つた。彼を知らずしては彼等は理解されない。誠に彼は次の時代の文学にとつても一大温床となつたのである。次の時代の文学については敢て予め云ふことをしない。それは徐々に姿をみせてきてゐる。たゞこゝでは「晩年」一巻ができるだけ広く精読されることを切願してをくのみである。／人々よ、共に共に、此の香ぐはしき王者の宴に集はうではないか。熱き盃を干せ。

そしてさらに、今官一氏「「晩年」に贈る詞」は、つぎのような文章です。

I目次（作品総計十五篇）／よい仕事をしたあとで／一杯の茶をすする／お茶のあぶくに／きれいな私の顔が／いくつもいくつも／うつつてゐるのさ／これは「葉」。後は読者、その本によつて知り給へ。／2体裁（菊判仮綴二四一頁）／はるばると海を越えて、この島に着いたときの私の憂愁を思ひ給へ――席上には、三千の猿どもが、酒盃を掬みかはしてゐた。この逆行の水に映るさかさ月を祝ふために。／「晩年――此の字は少し年寄ぢみてゐる」／「いや、長え長え昔噺、知らへがな」／一匹の蜘蛛がするすると下りて来た。巣をつくる足場を得ようと周囲をみまはした。宙に浮んで、それは、自分の絲にしがみついてゐる。／3扉（ここ過ぎて悲しみの市に入り）／「死ぬるとも、巧言令色であれ。」／鉄の規則――この機関車の横腹には／と書いてあつた。／尼二寸天が下しる青葉かな。／4著者（写真一葉）／「思ひ出」のなかに「思ひ出」がある。背景には薔薇の花が咲いてゐた。ひとかたまりの童児、広い野原に火三昧して遊びふけつてゐたずおん。猿面に隈どる北方のクライスト。僕がいま君に贈る言葉はたつた一つだ。／「狡猾になれ」／君は、正直すぎる。世の中が歪みすぎてゐるのだ。見給へ、この書物の巻頭の、君の写真のいつたいどこに君がゐるといふのか。／5発行所（砂子屋書房）／此の書、世におくる、そのことのめづらしさ。出ては弾丸。ひとの肺腑をつく怖ろしさ。澎湃としてたかまる巷の泥仕合。「おれはGO」「おれはSTOP」。此の書つくる波紋のあやなる——これはまた稀有なる青年世紀の聖典。／6内容（作品総計十五篇）／いま読者と別れるに当り、（以下この書の一節、めくら草紙に聴き給へ）高い誇をもつて言ひ得る。さらば、行け！「この水や、君の器にしたがふだらう。」

この「「晩年」に贈る詞」が、さきに引用の六月二十三日付葉書で依頼されて書かれた、その「広告文」ではないかと思います。

その他『晩年』の広告として、よくみられるものに佐藤春夫氏「尊重すべき困つた代物——太宰治に就て——」のつぎの一節が引用されているものがあります。

作品を見て既にその感のあつた自分は彼と面会するに及んで更に藝術的血族の感を

深くした。わがままでなまけもの。それも骨の髄からさう出来上つてしまつてゐるといふ一種のロマンテイツク性格者である。奔放なしかし力の弱い自己が氾濫して、自己意識が骨がらみのやうになつてゐるのを自分で検討しつづけてゐるのがこの種類の運命である。

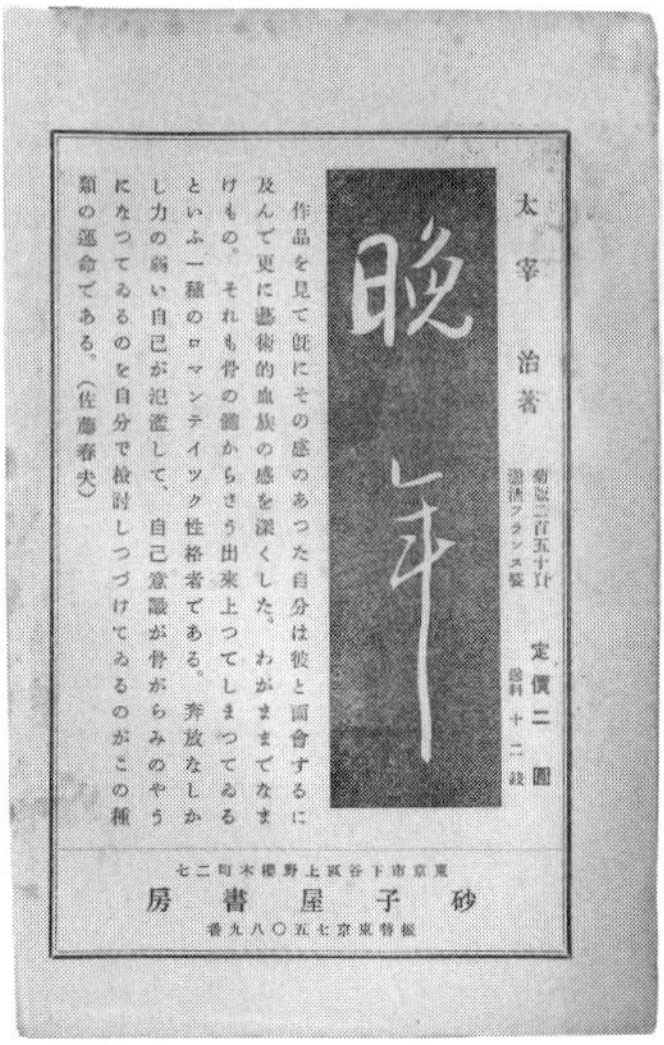

太宰治著
晩年
定價二圓
送料十二錢
作品を見て既にその感のあつた自分は彼と面會するに及んで更に藝術的血族の感を深くした。わがままでなまけもの。それも骨の髄からさう出来上つてしまつてゐるといふ一種のロマンテイツク性格者である。奔放なしかし力の弱い自己が氾濫して、自己意識が骨がらみのやうになつてゐるのを自分で検討しつづけてゐるのがこの種類の運命である。（佐藤春夫）
東京市下谷區上野櫻木町二七
砂子屋書房
振替東京七五〇八九番

「文筆」見返し広告

これはたとえば、「文筆」創刊号「目次」裏、あるいは太宰治著『短篇集／女生徒』（砂子屋書房、昭和十四年七月二十日付発行）の奥付裏などに、みることのできる広告です。なお、「砂子屋本総目録」（「文筆」初夏随筆号、昭和十四年七月十日付発行）所載「第一小説集」の裡の『晩年』欄には、

よはひ廿歳にして、晩年だと云つた太宰である。太宰を入れずに新文学を語ることは不可能である。永い歴史を持つ青森の旧家の生んだ藝術家。フランスでいえば、ノ

ルマンディーの血が、巴里の花と咲いたと云つてよからう。鬼才、天才、新人のテキストである。精選十五篇、菊判、二五〇頁。

とあり、改版『晩年』（砂子屋書房、昭和十六年七月十日付発行）奥付裏広告には、「鬼才天才太宰治の名はこの一巻によつて決定的となる」とあります。

以上、管見に入った『晩年』の推薦文、ないしは広告文ですが、『晩年』に対する著者太宰治の意識、および周辺のひとびとの意識をうかがうに、資となるかと思い記しました。

Ⅶ 『晩年』出版記念会

太宰治の、昭和十一年六月二十八日付中畑慶吉氏宛葉書に、「来月上旬、帝国ホテル、もしくは上野精養軒にて、出版記念会する由。御案内さしあげますゆゑ、都合よろしければ、御出席下さい。えらい大家たち大ぜい出席いたします。」とあります。『晩年』出版記念会は、当初七月上旬「帝国ホテル、もしくは上野精養軒にて」催される予定であったことがわかります。これに関しては、長兄津島文治氏の援助を受けたようです。昭和十一年七月四日消印津島文治氏宛「必親展」の北芳四郎氏封書に「三日早朝団《ダン》氏御同道にて別紙の如き材料御持参に相成り色々と御話し有り」として、その「材料」が提示されています。「団氏」とは、安藤宏氏が「新資料・中畑慶吉保管文書より」（『太宰治研究17』和泉書院、平成二十一年六月十九日付発行）で指摘されているように、檀一雄氏を指す、と考えられます。ところで「材料」には、つぎのように記されています。

（朝日新聞広告　五六拾円位）修治様持ニテ一日モ急
（帝大新聞広告　拾円）グトノコト
他新聞広告　本屋持
来ル十一日　上野精養軒　出版記念会ト申シ　一人会費二円持ヨリ百人位
其不足五六拾円
案内状拾円位）修治様持
会計金参百六拾円位御兄上様へ願ヒ病身の修治様を心配せず文壇《ダン》立せる様に致したいとの御話で有りました。
其外友人へ借財六口

y	50,00
〃	50,00
〃	50,00
〃	30,00
〃	30,00
〃	20,00
	230,00

上ノ分
人名聞カズ

北芳四郎氏の「仲介」によって、長兄からの「資金援助」が得られたのでしょう。当初の予定とあまり大差がなく、『晩年』出版記念会は昭和十一年七月十一日上野精養軒で催されています。「『晩年』前後」によれば、つぎのように決まったそうです。

檀　出版記念会の会場、どこがいいかと、浅見さんたちと太宰のところで相談したけれど、上野の精養軒にしてくれと。それは芥川だったかだれだったかが前に精養軒でやった。それでどうしてもそうすると。／**浅見**『明星』がよく……。与謝野鉄幹、晶子があそこでやっていて、佐藤さんも好きなんだよな、精養軒。戦後は変っちゃったけど、以前は明治調のあった古風な建築で……。／**檀**　名門がやるところでしょう。／**浅見**　貴族趣味があるよね。ぼくなんか反対したんだ。会費高いから参会者が少いぞといって。第一回だからできるだけ知っている人に来てもらったほうがいいし、本屋のほうもたくさん来てもらって宣伝してもらったほうがいいから、もうちょっと一般的なところといったら、いや、三人でもいいから精養軒というんだ。（笑）

そして、昭和十一年七月六日付井伏鱒二氏宛封書によれば、「出版記念会すべて本屋に一任いたしました。」と記されています。これに関し山崎剛平氏は、「「記念会、すべて本屋に一任いたしました」の太宰の手紙はうそです。私は押しつけられたんです。」（昭和四十五年三月二十二日付山内祥史宛封書）といわれています。それはともあれ、精養軒との交渉は浅見淵氏がされたそうですが、さらに小野正文氏「思い出の中に」によれば、諸方に「巻紙にしたゝめた案内状」が発送されたようです。それは、「太宰の自筆ではなかったが、誰か親しい友人、檀一雄あたりの書いたものであったろう。」と、小野正文氏は推測されています。この案内状が、どこへ送られたかは不明ですが、檀一雄氏「小説太宰治（続）」によれば、その当日、太宰治は「予想よりも出席者の少ないのが、不満のやうだった」とのことですから、出席者以外にも、かなり数多の諸氏に発送されたのであろうと推測されます。北芳四郎氏が提示した「材料」に記されていた「百人位」というのも、あながち誇張の人数といえないかもしれません。さらに井伏鱒二氏「解説（太宰の背景を語る）」によれば、つぎのように記されています。

この本の出るに先だつて、太宰君は出版記念会に集まる予想の顔ぶれと人数とを北さんに告げ、その会における文壇人の風儀についても報告した。それによると、出版記念会の主賓たるものは、当日の会の費用を全部負担して、二次会の費用も主賓の負担とするのが慣はしである。ところが出版界のことなど何も識らない北さんは、それを真に受けて津軽の中畑さんに報告し、必要なものを取り寄せた。尚ほ、記念会に出席する主賓の着用する衣裳も津軽から取り寄せて、すぐにそれを質に持つて行くやうに、太宰君は初代さんに云ひつけた。当時、まだ太宰君たちは船橋に住んでゐたが、天沼にゐたときからの習慣で、荻窪の丸屋といふ店と取引きしてゐたので、初代さんは暑いさなかを荻窪に来た。いつも丸屋来たときの慣はしで初代さんは私のうちに寄り、まだ手を通さない麻の着物や夏羽織を、丸屋に入れて来た話をした。また、北さんに太宰君の云つたといふ出版記念会の風儀についても話した。／出版記念会は上野の精養軒で催された。太宰君は数日前またもや津軽から取寄せた卵色の麻の着物をきて、主賓席につき、その右隣りの席に佐藤さんがゐた。

井伏鱒二氏によれば、「出版界のことなど何も識らない北さん」は、「出版記念会の主賓たるものは、当日の会の費用を全部負担して、二次会の費用も主賓の負担とするのが慣はしである」という「太宰君」の「報告」を「真に受けて津軽の中畑さんに報告し、必要なものを取り寄せた」と記されています。しかし、先にみた昭和十一年七月四日消印の北芳四郎氏封書に「書き入れ」られた「材料」によれば、「来ル十一日　上野精養軒　出版記念会ト申シ　一人会費二円持ヨリ百人位」とあります。さらに、あとで触れる浅見淵氏や小野正文氏の回想からも、北芳四郎氏が中畑慶吉氏に「報告」したのは「一人会費二円持ヨリ」であったと考えておくのが妥当でしょう。また、井伏鱒二氏の言説に照応するものとして、太宰治「帰去来」（「八雲」第二輯、昭和十八年六月十五日付発行）のつぎのような一節があります。

昭和十一年の初夏に、私のはじめての創作集が出版せられて、友人たちは私のためにその祝賀会を、上野の精養軒でひらいてくれた。偶然その三日前に中畑さんは東京へ出て来て、私のところへも立ち寄つてくれた。私は中畑さんに着物をねだつた。最上等の麻の着物と、縫紋の羽織と夏袴と、角帯、長襦袢、白足袋、全部そろへて下さいと願つたのだが、中畑さんも当惑の様子であつた。とても間に合ひません。袴や帯は、すぐにととのへる事も出来ますが、着物や襦袢はこれから柄《がら》を見たてて仕立てさせなければいけないのだし、と中畑さんが言ふのにおつかぶせて、出来ますよ、出来ますよ、三越かどこかの大きい呉服屋にたのんでごらん、一昼夜で縫つてくれます、裁縫師が十人も二十人もかかつて一つの着物を縫ふのですから、すぐに出来ます、東京では、なんでも、できないつて事はないんだ、とろくに知りもせぬ事を自信たつぷりで言ふのである。たうとう中畑さんも、それでは、やつてみます、と言つた。三日目の、その祝賀会の朝、私の注文の品が全部、或る呉服屋からとどけられた。すべて、上質のものであつた。今後あのやうに上質な着物を着る事は私には永久に無いであらう。私はそれを着て、祝賀会に出席した。羽織は、それを着ると芸人じみるので、惜しかつたけれど、着用しなかつた。会の翌日、私はその品物全部を質屋へ持つて行つた。さうして、たうとう流してしまつたのである。

中畑慶吉氏の追憶に関連させて、当日の服装のことをこのように記しています。さらにこれに照応する中畑慶吉氏宛葉書に、七月二十六日付のものがあり、それには、「先日は、バカ者、むりのお願ひ、お聞きとどけて下され、心で拝んで居ります。おかげ様で大盛会、私、白足袋はいて演説しました。くはしくは、後日、拝眉の日に。」とあります。井伏鱒二氏は、「記念会に出席する主賓の着用する衣裳も津軽から取り寄せて、すぐにそれを質に持つて」行き、「数日前またもや津軽から取寄せた卵色の麻の着物をきて、」当日「主賓席につ」いたといわれているのですが、太宰治は、「会の翌日、私はその品物全部を質屋へ持つて行つた。さうして、たうとう流してしまつたのである。」といっているわけです。これはどちらが事実であるのか、不明ですが、おそらく、「羽織は、それを着ると芸人じみるので」すぐ「質に持つて」行き、「会の翌日」、その他の「品物全部を質屋へ持つて行つた」のではないかと思われます。中畑慶吉氏「女と水で死ぬ運命を背負って」(「月刊噂」第三巻第六号「特集〝保護者〟が語る太宰治」昭和四十八年六月一日付発行)には、つぎのような言説がみられます。

太宰の出版記念会が上野の精養軒で行なわれたのは、船橋時代でした。例によって仕入れの上京を利用して立ち寄った私は、彼があまりにもよれよれの着物を着ていたのでびっくりしてしまいました。元来、修治さんという人は大変おしゃれで、専門家の私が見ましてもおどろくほどゼイタクなものを着るのが常でしたのに……。

私が「どうした」と訊ねますと、「これ一枚きりだ」と答えるのです。さいわい記念会まではあと三日あるというので、羽織、袴、足袋、下駄から褌に至るまで、男の衣類としては最高といってもよいぐらいのものを揃えてやりました。羽織、袴で六百円ぐらいしました。多分、結城だったと思います。

さて、どうにか着物が間に合って、私は太宰から「中畑さんも出たらどうかね」と勧められたのですが、こちらは文学の素養などまるっきりありませんし、鯨尺でも金尺でもメートル尺でも計れないような太宰の知人、友人と顔つき合わすのもなんだからと思って、好きな歌舞伎見物に出かけてしまいました。

（中略）

さて、その翌日の朝、私は船橋の借家を訪ねました。ところが、またぞろ、ヨレヨレの寝巻を着ています。「どうした」というと、だまって金六十円也の質札を見せました。昨晩のうちに六百円の着物は一枚の紙きれに化けてしまったわけです。

私は「ハハァ、取り巻きに貸したか、それとも一緒に豪遊してしまったナ」と想像いたしました。

太宰という人は、私にいわせると内気で見え坊で気取り屋で、人とのつき合いは少しくらい無理をしてでも明るく手ざわりよくしてしまう人間なのです。この点が、よい所でもあり、また、いつも井伏先生様に注意されていた欠点でもあるのです。とにかく、自分に近づいてくる人間をより好みするようなことは絶対にありませんでした。私は、この入質にはダンカズ（檀一雄）さんが一枚かんでいると今でも想像しとります。人への物の恵み方も徹底しており、衣類、家財道具を入質しても惜し気もない様子でした。この後始末に私は毎月頭を痛めました。

なお「『晩年』前後」で檀一雄氏は、「芥川賞になるとか本が出るとかいうことになると、着物を送ってやるという約束があるのですよ。兄さんのほうから。それを楽しみにしていたんだ。それで、『晩年』が出たときは着物送ってきたんですね。」といわれています。ともあれ、祝賀会当日「麻の着物」「夏袴」「白足袋」という服装であったことは、事実であったようです。斧稜氏「太宰治の文学——青森県出身作家の人と作品——」にも、「和服《わふく》に袴をつけた著者は卒業式《そつげうしき》の優等生《いうとう》といった感じ《かん》であった。」と記され、亀井勝一郎氏「太宰治の思ひ出」「罪と道化と——太宰治断章——」（「文学界」第九巻第九号「特集昭和文学人物史」昭和三十年九月一日付発行）等にも、会場にいったとき「太宰は黄色い麻の着物をきて、仙台平のはかまをはき、誰かが新しい足袋をもつてきたのを、宴会場の入口のところではきかけてゐるところであつた。」と記されています。また檀一雄氏「小説太宰治（続）」にも、「白麻の絣に、絽の袴をつけてゐた。」と記され、小山祐士氏「麻薬と芥川賞――処女作のころ――」にも、「太宰は、白麻の絣《かすり》に絽の袴《はかま》をつけ白足袋といつた姿で現われた。」と記されています。さらに「『晩年』前後」では、「**浅見**　一世一代だから、家から来た立派な着物を着て、袴でもえらい袴はいていたね。／**檀**　真っ白い麻の着物を着てきました。／**浅見**　田舎の結婚式みたいな。（笑）／**檀**　白足袋なんかはいて、そして仙台平の袴なんかはいて……。」と語られています。

また浅見淵氏は、「『晩年』前後」で「会費があの時分で二円五十銭だったかな。一般はあの時分一円か、高くて一円五十銭だったからね。相当高いですね。」と語られていますが、小野正文氏「思い出の中に」によれば、「会費は二円であった。受付で沢西健に会った。彼が手にしていたのは印刷した葉書の案内状で発起人に有名作家の名をつらねたものであった。私は、それを見て、何かひけ目に感じた。」ということで、檀一雄氏「小説太宰治（続）」によれば、「たしか、浅見さんと、山崎さんに受付をやつて貰ひ、砂子屋から、例の生粋の酒も届けられたやうだつた。」ということです。

さて、『晩年』出版記念会は昭和十一年七月十一日上野精養軒で催されましたが、その当日の出席者は、「『晩年』出版記念会芳名録」によれば、つぎのように記されています。

昭和乙亥七月十一日／太宰治第一小説集／晩年上梓紀念／乾盃諸家／山崎剛平／外村繁／保田与重郎／亀井勝一郎／芳賀檀／檀一雄／沢西健／北村謙次郎／斧稜／衣巻省三／木山捷平／平岡敏男／大鹿卓／中村地平／今官一／尾崎一雄／岡村政司／小山祐士／津村信夫／一条正／浅見淵／中谷孝雄／名久井良作／塩月赳／古谷綱武／中村貞二郎／丹羽文雄／山岸外史／那須辰造／永松定／緑川貢／飛島定城／鰭崎潤／小館善四郎／若林つや／井伏鱒二／於不忍池畔佐藤春夫／遠征一夜／懐家郷／為病床之姉君／七月十一日深夜識

出席者は、以上の三十七名の諸氏であったと思われます。

平岡敏男氏「飛島さんと太宰」（『めぐりあい』平岡敏男自家版、昭和四十五年五月十五日付発行）に、つぎのような言説があります。

昭和十一年七月十一日処女創作集「晩年」の出版記念会が、上野の精養軒で開かれた。太宰治展に出されたそのときの芳名録によると出席者は佐藤春夫、井伏鱒二氏ら

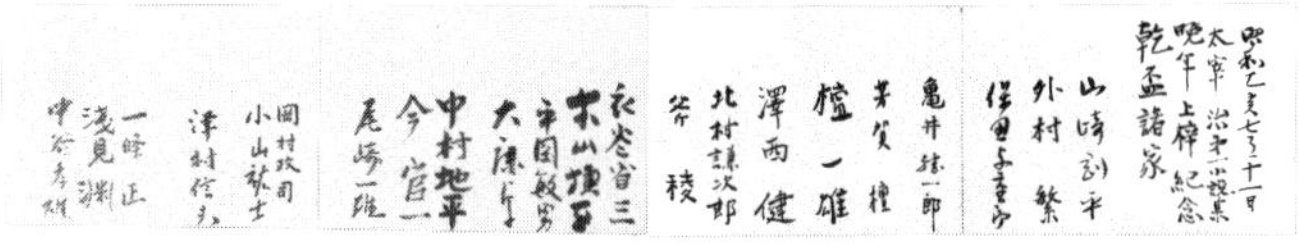

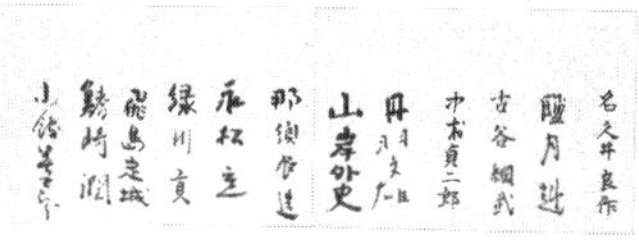

『晩年』出版記念会芳名録

三十七名。私は飛島さんと出た。芳名録に署名していない出席者がいた。小野正文君である。私が、どうしてこんなことを記憶しているかといえば、小野君は弘高時代の私のクラスメート小野隆祥君の弟さんであり、学生服に「J」という襟章をつけていた。東大法学部の学生であった。

しかし、芳名録に小野正文氏の署名はあります。「斧稜」という筆名を記していて、平岡敏男氏は、それを小野正文氏の筆名とは知らなかったようです。

さて檀一雄氏「小説太宰治（続）」によれば、つぎのように記されています。

たしか梅雨あけの頃だつたらう。出版記念会は上野精養軒に決定した。当夜、公園の道に、庭たづみが出来てゐたことを覚えてゐる。会場に出向いてみると、もう佐藤春夫先生が見えてゐて、長椅子にゴロリと寝ころんでをられたが、／「もう、三十分も待つてゐたよ」／と、先生が云はれたことを覚えてゐる。

また「『晩年』前後」でも檀一雄氏は、「いちばん初めに来たのは佐藤先生でした。佐藤先生早く来て長椅子の上にごろりところがって。」と語られています。檀一雄氏の記憶では、「太宰がその次に来た」そうですが、その印象を檀一雄氏は、「益々ひどく、痩せてゐるやうだつた。」と記され、小山祐士氏は「麻薬と芥川賞――処女作のころ――」で、「眼窩《がんか》はけわしく窪み、身心ともむしばまれてい」るという印象であったと、記されています。

また、平岡敏男「わが学友太宰治　遂に散つた〝道化の華〟」によれば、つぎのように記されています。

「晩年」の出版祝賀会は、昭和十一年の夏上野の精養軒で開かれた。檀一雄君がいろいろと世話をやいていた。病気、麻痺薬の中毒、芥川賞問題等でそのころ太宰は佐藤春夫さんにたいへんお世話になっていた。祝賀会には、もちろん、佐藤さんが渋い和服姿で出席し、メーン・テーブルの太宰の横に着席していた。井伏さんのほかその前後、太宰と親しくしていた亀井勝一郎、山岸外史、伊馬鵜平の諸君も顔をみせていたように思うし、出席は割に多かった。

会の司会者は、井伏鱒二氏「解説（太宰の背景を語る）」に「保田与重郎であったと私は覚えるが、記憶の確かなことに自信のある尾崎一雄の言によると、それは大変な間違ひである。」と記されていますが、その「尾崎一雄の言」は記されていません。席については井伏鱒二氏「解説（太宰の背景を語る）」に、太宰治が「主賓席につき、その右隣りの席に佐藤さんがゐた。」とあり、小野正文氏「思い出の中に」によれば、「私の席の前後には、保田与重郎、檀一雄、今官一、などがい」た、と記されています。山崎剛平から贈られた当日の写真によれば、太宰治が主賓席につき、向かって右隣の席に佐藤春夫氏がいます。また、小野正文氏の席から近い席に、保田与重郎氏、檀一雄氏、今官一氏などがいたようです。

さて会では、出席者諸氏によるテエブル・スピイチがあったようです。亀井勝一郎氏「太宰治の思ひ出」には、「全部の出席者がテーブルスピーチを試みた。」と記されていますが、「『晩年』前後」の浅見淵氏の発言によれば、「参会者があまり連絡がないんだよね。知らないんだ、お互いに。それでシーンとしていて。テーブルスピーチもみんな沈重なことばかりいうものだから、まるでお通夜みたいだったな（笑）精養軒の広い古風な、明治風の建築でしょう。ボーイなんか真っ白い服装して銀盆持ってずらっと並んでいるんだな。

あんな会ないね、いま。」というような雰囲気であったそうです。さて斧稜氏「太宰治の文学――青森県出身作家の人と作品――」によれば、「佐藤《さとう》春夫の祝辞《じ》が最初にあり、友人《いう》は交々立って激励《げきれい》した。」とのことですが、その佐藤春夫の「祝辞」の内容については、まず一条正氏「佐藤春夫の作家的生涯」(「三田文学」第十一巻第九号、昭和十一年九月一日付発行)によれば、つぎのように記されています。

此は極く最近のことだ。太宰治の創作集「晩年」が出版されて友人同志の小集が有つた。其の席上に於て、佐藤春夫は「太宰君の虚無は死によつて解決される相である。死んで了へば夫れ迄だといつた感を覚えさせられる。しかし、太宰君は死を詰らないと云ふ所にまで虚無をすすめて欲しい。」と云つた意味の事を述べた。

さらに山崎剛平氏によれば、「最初の佐藤春夫開口一番、最近太宰の欠点を発見した。それはニヒリズムの不足といふ事である、と言つた。―その説、詭弁、私には好い感じでなかつた記憶あり。」(昭和四十五年三月二十二日付山内祥史宛封書)ということです。また「佐藤春夫のテーブルスピーチ、ニヒリズムは生も死もつまらないと知るところから来る云々、と言ひました。その言ひ方が不満で私はつむじをまげた記憶あり。話全体も記念会の師匠の挨拶としてはよくない、不出来なものでした。(略)「生も死もつまらぬ」云々は詰る詰らぬ、といふ事がいけない。我が師空穂は「生れて来ない方がとくだつた」と一と頃よく言ひ、歌にも出て来ますが、私はそのたびにいやだつた。生まれて来なければ損得はない。損得は言へない事。言つてはいけない事だ。詰る詰らぬも同然。」（昭和四十五年三月三十一日付山内祥史宛）といわれています。なお、山崎剛平氏は「芥川・横光・太宰が高校生（当時）の必読小説とされるやうになつたのは、晩年以後さう長くないもので、第一小説集としては芥川横光を抽くばかりでなく、明治以来屈指のものと思ひます。」（昭和四十五年三月二十二日付山内祥史宛）といわれています。さきの宮内寒弥氏「天分について——太宰治氏夫人に——」によれば、砂子屋書房主山崎剛平氏が宮内寒弥氏に語ったこととして、つぎのように記されています。

太宰は天才だ。そこらへんに転つてゐるものかき風情ではない。上野精養軒で行はれた出版紀念会で佐藤春夫氏が云つてゐたが、彼の藝術は、もとでのかかつた藝術である。即ち一代にしてなつた藝術家ではなく、地方の名家として代々の教養が花と咲いたやうなもの、川端康成氏の所謂、残燭の焔式の藝術家であること、そして、彼一人なれば他の有無象の新人など不要である。もう、他のくだらぬ小説は読む必要はない。太宰一人で結構である。

これに関し山崎剛平氏は、つぎのように言われています。

新人は太宰一人で結構云々の昔の私の言。宮内は砂子屋書房人でした。それで毎日顔を合せてゐる間に或時しやべつたのでせう。晩年以来、宮内が砂子屋入り時代は青年連中の太宰信者から原稿を読めとせめられることが多く、見ると太宰流に「死なうと思つた」と先づ出て来るといふ風でした。新人は太宰一人で結構はさういふ事からの意味が多分にふくまれてゐます。(昭和四十五年三月三十一日付山内祥史宛封書)

また、平岡敏男「わが学友太宰治　遂に散つた〝道化の華〟」には、つぎのような言説が見られます。

テーブル・スピーチに入ってから佐藤さんは、たしか太宰のニヒリズムは、まだまだあまいという意味のことをいっていたような気がする。佐藤さんのあと、つぎつぎにたって感想をのべる小説家や、評論家が太宰に対し、ずいぶんずけずけと言いたい放題のことをいっているような気がして、そういう会合にはじめて出た私は、隣席の飛島さん(毎日記者)に「小説家という人たちは、こういう場合でもあんなことをいわなければ気がすまないもんですかねえ」とささやいたものである。みなが、おもいおもいのスピーチをやっている長い間、佐藤さんのとなりにこれもまた和服で着席していた太宰は終始、うつむきかげんで深刻な、時には泣くような表情をしていた。異常に緊張していたのであろうか。それとも感激をおし殺していたのであったろうか。佐藤春夫氏の「あと、つぎつぎにたって感想をのべ」たという人々の「感想」のうち、管見に入ったものを順次記しとどめておきます。まず、一条正氏「佐藤春夫の作家的生涯」によれば、一条正氏は、つぎのようなことを、しゃべったそうです。

従来の太宰君は死と不離不即の関係におかれてゐた。たえず、死を凝視してる。此の人に佐藤先生は、死を詰らなく考へるやうになれと要求される。明かに、此は佐藤先生の風流論で有る。果して、今後の太宰君は風流に近附いて行けるだらうか。そこにぼくらの興味が有る。ぼくは其の行くてを長い目で見たい。

また斧稜氏「太宰治の文学——青森県出身作家の人と作品——」によれば、つぎのようにあります。

今官《くわん》一は『登山者が霧《きり》の中に自《じ》分の巨《きょ》大な像を見《み》て驚《おどろ》くことがある』といふことを引いて言《い》つてゐたが何のことであつたか忘《わす》れた。丹羽文雄は晩《ばん》年の次に壮《そう》年、青年、少年と次々と新しい作品集を世に出す様にといつてゐた。私も立たされて、殆ど完成《くわんせい》された作家を前にして、自《じ》分の非《ひ》力が恥かしく、今後一切小説を書くまい、といふことを立ちあがる前に思《おも》ひもしなかつたことを言《い》つてしまつた。(今では、そのとほりになつて了つた自《じ》分を苦笑するより外はないが)

さらに「思い出の中に」でも、小野正文氏は「交々祝辞があり、私も指名されて、作家志望の私も、太宰治の立派な作品を見て、今後、自分は筆をとるのをやめる決心をした、という意味のことを言った。」と記されています。この小野正文氏の言及に触れて、今官一氏は「太宰の青春／亡きわが友を偲んで」(「週刊読書人」第九八二号「特集太宰治／歿後25年に寄せて」昭和四十八年六月十八日付発行)で、『晩年』の出版記念会の席上での自らの「演説」について、つぎのように記されています。

議事が相当に進んだ後だったので酒席はいちおう騒然としていた。話す方も聴かされる方も、いちおうそういう騒然状態だったから、私は、それっきりで何をしゃべったのか忘れていたし、聴手の人たちも多分忘れてしまっただろうと、つい此の間までそう思っていた。

ところが、つい先日、小野正文の太宰関係の本を読んでいたら、今官一はあのときアルプスかどこかの山の怪獣の話をした——と書いてあった。そうすると不思議なもので、まるっきり忘れていたと思っていた不忍池畔の精養軒で私がぶったはれがましい演説のいちぶしじゅうが、ありありと思い出されてきた。

なんと、あれは「ブロッケン山の巨人」という怪物の話だったのである。当時、私が愛読していた少年科学雑誌にのっていたのだ。アルプスかどこかは思い出せないが、ブロッケン山という山にのぼると、霧か雲かの上に、とつぜん光線の関係で、何倍にも拡大された自分の影法師が、すっくと立上ったように映るのだそうだ。とつぜんのことで仰天した登山者は、自分の影とも知らずに、行手に巨人が立ちふさがった思いで、尻もちをついたり逃げ帰ったりしたそうだ――という風に雑誌には書いてあった。

私は、それを当時の「私の太宰論」に利用したのである。われわれは太宰の小説に驚嘆するが、よくよくみると、あれはわれわれの拡大された影ではないか。われわれが太宰に共感するのもそのためだし、反発するとすれば、それも拡大されたことへの反発である。太宰には、そういう光源とレンズとスクリーンがあって、われわれには、ない。そこらがわれわれと太宰のちがいであろう――というのが、たしか、大演説の論旨であった。

いまから考えると、なにもかも至極あたりまえで、わざわざブロッケン山などへ登る必要もないのだが、そうしていま、「お前にとって、太宰とは、いったいなにだったのか」と訊かれても、この答は変らないのだが――彼の死後、もう四半世紀も生きのびて、頽齢のきざしはなはだしいおりに、ふと思うことは、あれはあれでいいのだが、若干の修正が必要なのではなかろうかということである。（略）

「ブロッケンの巨人」は、青春だけに通ずる伝説なのではないだろうかと、しばしば思うのである。そうして私は「太宰作品は、われわれの《青春》にとっては、ブロッケン山の影の巨人《であった》」と修正すべきではなかろうかと、つい考えこんで了うのである。（略）近ごろでは、よくもわるくも、ただもう「太宰」の若さだけが気になってならない。年とともに年老いて行くような作品も、一つぐらいは残して行ってもらいたかった。

亀井勝一郎氏「太宰治の思ひ出」によれば、「私も演説をした。「病める貝殻にのみ真珠は生れる」といふアンドレエフの言葉を彼に送つた。」ということです。さらに、山崎剛平氏によれば、「その席で、檀君、突然立上り、「ぼくは太宰に関する限り絶対に支持します」と学生調でブッキラボーに叫び、それでおしまい。」（昭和四十五年三月三十一日付山内祥史宛封書）であったそうです。その他のひとびとの発言内容は不明ですが、最後の太宰治の挨拶については、数多のひとびとがその記憶を記しています。

まず一条正氏は「佐藤春夫の作家的生涯」で、さきに引用した佐藤春夫の発言を紹介したあと、「此は同夜のテーブル・スピーチ中、作者のそれを除いては、最も感銘させられるものだつた。」と記されています。一条正氏にとっては、「作者のそれ」が「感銘させられるものだつた」ということがわかりますが、しかし、どのような意味で「感銘させられるものだつた」というのか、それは記されておらず不明です。ともあれこの一条正氏の記録、書かれたのが『晩年』出版記念会の直後だけに、もっとも正確な記憶、といえるのではないかと思います。つぎに亀井勝一郎氏「太宰治の思ひ出」には、つぎのように記されています。

最後に太宰は立つてあいさつすることになつたが、そのとき彼は非常に健康を害してゐることをはじめて知つた。誰かに傍から支へて貰つて、よろめきながら辛うじて立ち上つた。そして暫くの

『晩年』出版記念会の頃の太宰

あひだ、何も言へなかつた。皆がしんとして、彼の発言を待つてゐたが、いつまでたつても、何も言はなかつた。口ごもりつゝ、何か言つたのだが、明瞭には聞きとれなかつた。太宰は静かに涙を流しながら、全身を以て感謝の心をあらはしてゐたのである。

おなじような記憶が「罪と道化と——太宰治断章——」にも記されています。さらに檀一雄氏「小説太宰治（続）」には、「拍手が起り、太宰がテーブルに手をおいて前かがみにうなだれながら何のことか永永と喋ってゐたことだけは姿が、昨日の事のやうに眼に浮ぶ。」と記され、また小野正文氏「思い出の中に」には、つぎのように記されています。

太宰の謝辞になり、一言いうと涙ぐんで了った。今まで彼の隣に坐っていた画家が侮辱的な言葉をのこして退席して了ったというのである。祝賀会にふさわしくない違和の感じが漂った。全く、少年らしいしぐさであった。／保田が起ちあがって「太宰は天才である。天才は弁解する必要がない。」と叫んだ。これ又、少年らしい純真さであった。

小野正文氏は「今まで彼の隣に坐つていた画家」と記されていますが、当日の写真によれば、最初から最後まで「彼」の左隣には佐藤春夫氏、右隣には木山捷平氏が坐っています。小野正文氏の真向かいにいた二人が、太宰治の挨拶の時にいなくなっていますから、そのうちの一人かと思われます。なお小野正文氏によれば、「席上保田と檀がもっとも浮きうきしていた。若林つやという美しい女流作家と冗談をいゝ合っているためでもあるようにも見えたが、この二人は真実に太宰の理解者であるためと考えるべきであったろう。」ということです。私蔵する大判の出版記念会のどの写真にも、若林つや氏の姿は見られず、その席の位置は不明です。浅見淵氏「太宰君と三宅島」(「太宰治全集第十一巻月報11」筑摩書房、昭和三十一年八月二十日付発行)によれば、

上野精養軒での『晩年』の出版記念会では、主賓の彼が肝腎の答辞を述べる段になってパビナールが切れ、あわてた余り注射器を忘れて来ていたので言葉が出ず、三十分近くも絶句して立ち往生し、ひどく気を揉ませられた。

ということであり、また「船橋時代の太宰治——昭和文壇側面史(第28回)——」でも浅見淵氏は、つぎのように記されています。

最後の太宰の挨拶になったとき、彼はあわてて注射器を忘れて来たので、ちょうど注射が切れて発言できなくなっていて、短い言葉を述べるのに、二、三十分もかかり、世話銀盆を手にして会場の周りに立っていた白服のボーイ連が故意に欠伸をしだし、世話

役のぼくはハラハラした。

さらに同様のことを、「『晩年』前後」でもつぎのように語られています。

あまり服装のほうばかり拘泥しているうちに注射器持っていくの忘れたんだ。(笑)それでみんながずっとしゃべって、最後に太宰の挨拶になったら言葉が出ないんだ、注射が切れてしまって。顔面蒼白で、短い話をするのに三十分ぐらいかかったんだよ。とぎれとぎれで。時刻はたっていっても、なかなか終らない。ボーイがあくびして。(笑)こちらは世話役だからハラハラしておったよ。早くすんでくれんかと思ったけれどね。それがなかなか出ないんだ、言葉が。あとで聞いたら、あんまりあわてたのでいちばん肝心な注射器持っていかなかったのでえらい困ったって。

中谷孝雄氏「思い出の人」にも、つぎのような言説がみられます。

『晩年』の出版記念会が上野の精養軒で開かれたが、その席での太宰は見るも無残に衰弱していて、参会者への挨拶もろくにできない程であった。みんなはさすがに麻薬中毒の恐ろしさを痛感したが、それを根治するために太宰が江古田の精神病院へ入院したのは、十月になってからのことであった。私は入院したと書いたが、もとよりそれは太宰の自発的行為ではなく、いやがる彼を無理矢理だますようにして病院へ運び込んだのは、彼の師井伏鱒二とその他二、三の友人とであった。

しかし、山岸外史氏『人間太宰治』によれば、つぎのように記されています。

太宰がその日、その席に出るまえに廊下のかげで「ぼくが宛てられたらどんなことを喋ったらいいのかネ」と演説の下手なことを怖れてそのコツを聴かれたこともおぼえている。「とにかく正直に喋ったらいいのじゃないか」とぼくがそう答えたこともおぼえている。／しかし、主賓として太宰が話すことを指名されたとき、ひどく妙な調子があった。初めのうちはよかったのだが、途中から変調子になった。まったく言わでものことまでいいだしたのにはぼくも驚いたものである。自分がひどく貧しい生活者であって、借金に悩んでいる話までじつに真面目に、それでいて訴えるように太宰は話していった。ついには、左手の指さきをそろえて折って、着ている羽織の袖口をおさえ、それをそのまま差しだしたりしながら「この羽織、この着物にいたるまで、頭のさきから足のさきまで、全部、借りものなのであります。下駄も借りたのでありますす」などといいはじめたことを思いだすのである。たしかに人々は動揺した。かなり異様で、悲劇的であった。まさか「正直に喋ればいい」といったぼくの言葉どおりに、すべてを正直に喋ったとは思わないが、ぼくまでも太宰の着物は借り着だったのかと思う始末で、これは妙なものであった。たしかに失笑した人たちもいたが、変にしいいんとなった雰囲気をつくったものである。作曲家のシューベルトが、ある夜会に質屋の番号札のついている借着を、それとも知らずに背なかにぶらさげて歩いて、一座の失笑を買ったという話があるが、ぼくは、ふと、そんなことまで思いだしたものである。そういう感覚があった。太宰は懸命だったにちがいないのである。そして、太宰は、ほんとに不幸な人間だったのだと思う。

今官一氏は「太宰治の代表作」(「新文明」第五巻第十一号、昭和三十年十一月一日付発行)に、つぎのように記されています。

二十數年前、上野の精養軒で、『晩年』の出版記念會の席上、太宰が昂奮のあまり、つぶやいた言葉を思い浮べずにはいられなかつたのである。彼は、諸先生、諸先輩、知友の祝辭に答えて立ち上つたのだが、一言も口をきけなかつた。へたへたと蹟着のまゝくずれるようにして『わたる世間に、鬼はないと、申します』と、言葉にならぬ言葉を呟やいたのである。それは、彼が日頃口ぐせにしている言葉の對照語ともいうべきものであつた。彼には、自分を津輕の津島一家の餘計者だと考えることによつて、それを精神の支えにしていた一時期があつたが(――そして、これが、死ぬまでつづいた、コムプレックスの基本的な一つの形であつたが――）そういう支えのほしいときに、彼は好んで『親はなくとも、子は育つ』という命題を口にした。餘計者が育つためには、そうして、このように育ち得たのは先輩諸友の世間に、鬼がいなかつたからですと、彼は晴れの席上で、感謝したかつたのであろう。みなまでいわぬうちに、しかし、太宰は、感情に胸つまらせて、その先をいわなかつた。

また小山祐士氏「麻薬と芥川賞――処女作のころ――」には、「挨拶をするために、支えられるようにして、よろめきながら、立ちあがったが、前かがみに、テーブルに両手をついてうなだれたまま、ポロポロ涙を流し、会場には異様な雰囲気がただよっていた。」と記されています。

さらに山崎剛平氏は、「太宰の挨拶は傑作。その風姿を描写しないといけないんですが、とにかくだいぶ長口舌だつたが、何もわからない。恐らく本人にも。」（昭和四十五年三月二十二日付山内祥史宛封書）といわれ、「太宰の挨拶、浅見や私、井伏など最末席にゐるものはきゝとりにくい事もあつてわけがわからないのです。近い席の人は聞けもし、見も出来てそんな人が後日何とか書いてゐるのですが、少しくらゐ聞こえてゐても太宰の発音では半分くらゐしかわからないが本当ですから。」（昭和四十五年三月三十一日付山内祥史宛封書）といわれています。ともあれ、太宰治が絶句し、涙を流したために「異様な雰囲気がただよった」ことは事実だろう、と思われますが、そうなった原因については諸氏ともに各人各様の推測をされていて、どれが真の原因であったのかと思わせられますが、おそらくは、浅見淵氏と小野正文氏の記された記憶が、からんだかたちでこのような結果になったものでしょう。

なお小山祐士氏「麻薬と芥川賞――処女作のころ――」によれば、つぎのような言説がみられます。

私の記憶に間違いがなければ、その夜だったと思う。白麻の絣や絽の袴を、何処でどんなふうにして平服に着替えたのかも、誰が言い出したのかも、私はまるきり覚えていないが、太宰を今夜そのまま独りにしておいてはいけないと思ったのであろう。檀一雄たち四、五人で、二次会のつもりで、玉の井の路地をさ迷い歩いたような記憶が、私にはある。太宰は大きな仕事を終えたように、楽しそうにはしゃいでいた。

Ⅷ　再版以降の『晩年』

さてまず、再版『晩年』は、「昭和十二年九月一日」に「印刷納本」され、「昭和十二年九月五日」に「発行」されています。この「再版」は、書判型その他、ほぼ初版とおなじですが、異っているのは⑴著者写真が挿入されておらず、⑵背文字が、「晩年／太宰治」とあり、⑶書帯がなく、⑷箱入りであり、その箱背には、「晩年　太宰治第一短篇小説集　砂子屋書房版」と印刷されている、という諸点です。さらに、『晩年』には「参版」というのがあり、奥付には「昭和十二年九月五日参版印刷納本／昭和十二年九月十日参版発行」と記されています。しかしこの奥付年月日をのぞけば、「参版」は「再版」とまったくおなじですから、両版同時に印刷されたもの、と考えていいでしょう。伊藤誠之氏によれば、『晩年』再版、参版には、「箱が二種あります。一つは箱の表に「晩年　太宰治第一短篇小説集」と記してあるもので、もう一つは記してないものです。」（昭和四十七年二月十二日付山内祥史宛）ということです。「「晩年」と「女生徒」には、「それからまた千部

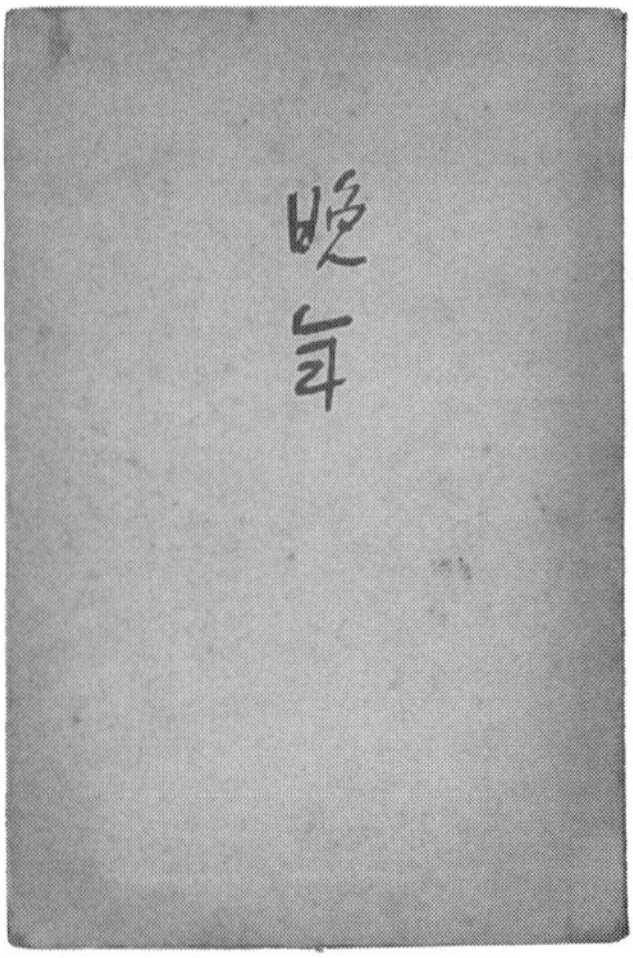

『晩年』再版本の表紙

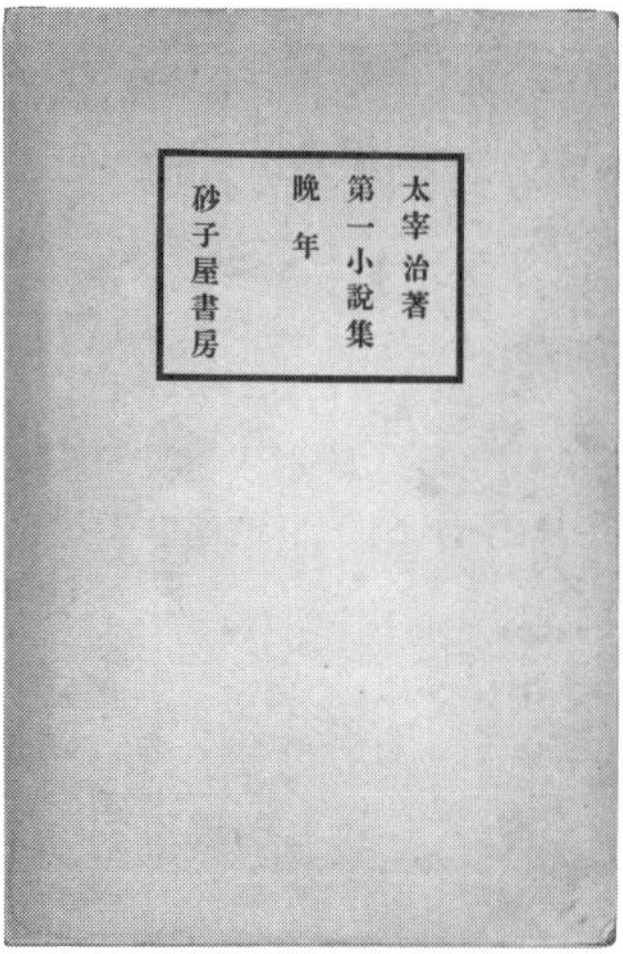

『晩年』再版本の函

くらゐ刷つた筈」とありましたが、この記述から推しても、「再版」「参版」あわせて「千部くらゐ」、同時に刷ったものと考えられます。山崎剛平氏によれば「初版五百、再版千、三版千か千五百の筈。」(昭和四十五年三月二十二日付山内祥史宛封書)といわれています。しかし、ここで山崎剛平氏のいわれる「三版」とは、「初版は黄色の帯。再版は函入(共に菊版)。三版は四六。」とのことですから、昭和十六年発行の改版を指していると考えられます。

「再版」と「参版」発行の頃のことと思われる記述に、斧稜氏「太宰治の文学――青森県出身作家の人と作品――」

のつぎのような追憶があります。

上野公園《のこうゑん》で、晩《ばん》年の第《だい》二版に検《けん》印して一部《ぶ》分を風呂敷《ろしき》に入れた太宰治と行き会つて、ダスゲマイネに出て来さうな茶《ちゃ》店でサイダーを御馳走《ちそう》になり新宿の中村屋《むらや》でケーキ一人前を二人で食べ、玉露を喫んだ。

さらに、小野正文氏「思い出の中に」でも、『晩年』出版記念会後のこととして、同様のことを、つぎのように追想されています。

その後、私は太宰を訪ねることもなく、ゆきずりに両三度逢っただけである。一度は上野の美術館の前である。むこうは三人づれであった。尾崎一雄、山崎剛平であったが、太宰は連れと別れ、二人はタクシーをひろって去った。尾崎は頭に繃帯を汚らしく、ぐるぐると巻いていた。「豪傑だよ、尾崎は、」と太宰が見送った。手には「晩年」の第二版を二十冊ほど風呂敷につゝんで持っていた。検印の帰途である。

さきに、初版『晩年』に検印を押した、尾崎一雄氏の記憶を引用しましたが、あるいはその尾崎一雄氏の記憶、「初版」ではなく、この「再版」と「参版」との検印時のことかもしれないと思われます。とすれば、発行部数「千部」という尾崎一雄氏の記憶は、「初版」ではなく「再版」と「参版」の発行部数、ということになるでしょう。それはともあれ、この再版参版発行の際にも、太宰治による宣伝文として、「他人に語る」と題する、つぎのような文章が発表されています。

「晩年」は、私の最初の小説集なのです。もう、これが、私の唯一の遺書になるだらうと思ひましたから、題も、「晩年」として置いたのです。／読んで面白い小説も、二、三ありますから、おひまの折に読んでみて下さい。／私の小説を、読んだところであなたの生活が、ちつとも楽になりません。ちつとも偉くなりません。なんにもなりません。だから、私は、あまり、おすすめできません。／「思ひ出」など、読んで面白いのではないでせうか。きつと、あなたは、大笑ひしますよ。それでいいのですよ。「ロマネスク」なども、滑稽な出鱈目に満ち満ちてゐますが、これは、すこし、すさんでゐますから、あまり、おすすめできません。／こんど、ひとつ、ただ、わけもなく面白い長編小説を書いてあげませうね。いまの小説、みな、面白くないでせう？／やさしくて、かなしくて、をかしくて、気高くて、他に何が要るのでせう。／あのね、読んで面白くない小説はね、それは、下手な小説なのです。こはいことなんかない。面白くない小説は、きつぱり拒否したはうがいいのです。／みんな、面白くないからねえ。面白がらせようと努めて、いつかう面白くもなんともない小説は、あれは、あなた、なんだか死にたくなりますね。／こんな、ものの言ひかたが、どんなにいやらしく響くか、私、知つてゐます。それこそ人をばかにしたやうな言ひかたかもわからぬ。／けれども私は、自身の感覚をいつはることができません。くだらないのです。いまさら、あなたに、なんにも言ひたくないのです。／激情の極には、人は、どんな表情をするでせう。無表情。私は微笑の能面《のうめん》になりました。いいえ、残忍のみみづくになりました。こはいことなんかない。私も、やつと世の中を知つた、といふだけのことなのです。／「晩年」お読みになりますか？　美しさは、人から指定されて感じいるものではなくて、自分で、自分ひとりで、ふつと発見するものです。「晩年」の中からあなたは、美しさを発見できるかどうか、それは、あなたの自由です。読者の黄金権です。だから、あまりおすすめしたくないのです。わからん奴には、ぶん毆つたつて、こんりんざい判りつこないんだから。／もう、これで、しつれいいたします。私はいま、とつても面白い小説を書きかけてゐるので、なかば上《うは》の空で、対談してゐました。おゆるし下さい。

またさらに、昭和十六年には改版『晩年』が発行されています。それは、B6判12.8×18.2cmで、表紙および裏表紙にはなにもなく、背に「晩年　太宰　治」とあり、さら

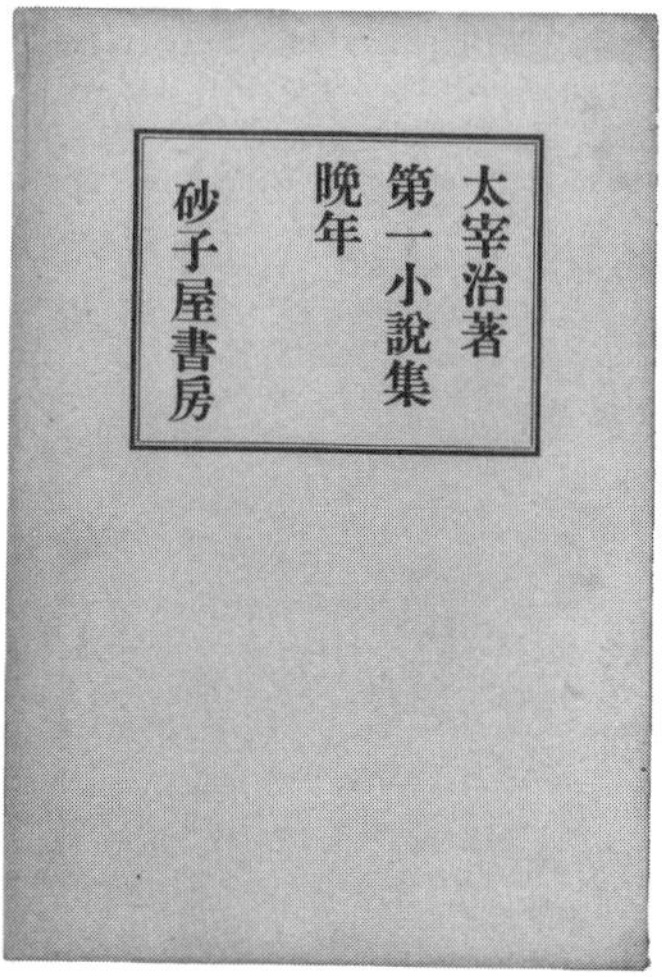

改版『晩年』の函

に背の下方に右より左へ横書きで「砂子屋書房」と刷られています。扉には「太宰治著第一小説集／晩年／砂子屋書房版」とあり、扉をめくると「目次」は二頁、本文は9ポ一段組で、「葉」が7頁から28頁まで、「思ひ出」が29頁から78頁、「魚服記」が79頁から90頁、「列車」が91頁から96頁、「地球図」が97頁から108頁、「猿ケ島」が109頁から121頁、「雀こ」が122頁から128頁、「道化の華」が129頁から195頁、「猿面冠者」が196頁から219頁、「逆行」が220頁から240頁、「彼は昔の彼ならず」が241頁から292頁、「ロマネスク」が293頁から323頁、「玩具」が324頁から332頁、「陰火」が333頁から357頁、「めくら草紙」が358頁から370頁までとなっています。奥付は「晩年 (停) 定価弐円／昭和十六年七月五日印刷／昭和十六年七月十日発行／著作者／東京府下三鷹町下連雀一一三／太宰治／発行者／東京市下谷区上野桜木町二七／山崎剛平／印刷者／東京市神田区小川町一ノ一一／綾部喜久二／発行所／東京市下谷区上野桜木町二七／砂子屋書房／振替東京七五〇八九番／電話下谷（83）〇五五四番」とあり、さらに欄外に「配給元　日本出版配給株式会社／東京市神田区淡路町二ノ九」とあります。そして奥付裏から二頁にわたって、「第一小説集叢書」の広告、さらに三頁にわたって、「短篇小説集」の広告が所載されています。この広告によれば、改版『晩年』は外村繁著『鵜の物語』、仲町貞子著『梅の花』、和田伝著『平野の人々』、尾崎一雄著『暢気眼鏡』、中島直人著『ハワイ物語』、榊山潤著『をかしな人たち』、顗田島一二郎著『流民』、浅見淵著『目醒時計』、田畑修一郎著『鳥羽家の子供』、徳田一穂著『縛られた女』、宮内寒弥著『中央高地』、庄野誠一著『肥つた紳士』等とともに、「第一小説集叢書」の一冊として刊行されたものであったことがわかります。さらに、この改版『晩年』は函入りで、表には「太宰治著／第一小説集／晩年／砂子屋書房」とあり、背には「晩年　太宰治第一短篇小説集」とあり、下方に右から左への横書きで「砂子屋書房」とあります。発行部数は不明ですが、「晩年」と「女生徒」から推せば、「千部くらゐ」と考えられるように思います。なお、この改版『晩年』の発行に際しても、太宰治による宣伝の文章が書かれていますが、それが、さきに引用した「「晩年」と「女生徒」」です。ただし、さきに引用した言説のあと、つぎのような言説がつづいて、むすばれています。

多く売れるといふ事は、必ずしも最高の名誉でもないが、しかし、なんにも売れないよりは、少しでも売れたはうが張り合ひがあつてよいと思ふ。けれども、文学書は、一万部以上売れると、あぶない気がする。作家にとつて、危険である。先輩の山岸外史氏の説に依ると、貨幣のどつさりはひつてゐる財布を、懐にいれて歩いてゐると、胃腸が冷えて病気になるさうである。それは銅銭ばかりいれて歩くからではないかと反問したら、いや紙幣でも同じ事だ。あの紙は、たいへん冷く、あれを懐にいれて歩くと必ず胃腸をこはすから、用心し給へ、とまじめに忠告してくれた。富をむさぼらぬやうに気をつけなければならぬ。

さらに「晩年」と題する書、ないしは「晩年」を収載している書で、まず太宰治の没年までに刊行されたものはつぎの諸典です。書名（叢書文庫名等）・発行所・発行年月日・書判型（横×縦mm）・体裁・頁数・本文活字号数組方・字数×行数・題簽筆者または装丁者名・写真葉数・定価・初版発行部数・「収録作品名（所載頁）」等を刊行順に記してみますと、つぎのようになります。

晩年（養徳叢書（15））・養徳社・昭和二十一年四月二十日付発行・B6判（126×182）・一九八頁・本文9ポ1段組・44字×15行・定価八円四拾銭・二〇、〇〇〇部

「思ひ出(4～53)」「雀こ(54～60)」「逆行(61～81)」「ロマネスク(82～112)」「陰火（113～138)」「満願（139～141)」「女生徒（142～192)」「黄金風景（193～198)」「著者略歴」

晩年（新潮文庫）・新潮社・昭和二十二年十二月十日付発行・文庫判（105×150）・三六五頁・本文8ポ1段組・43字×16行・定価六拾円

「葉(5～24)」「思ひ出(25～73)」「魚服記(74～85)」「列車(86～91)」「地球図(92～103)」「猿ケ島(104～115)」「雀こ(116～122)」「道化の華(123～187)」「猿面冠者(188～211)」「逆行(212～231)」「彼は昔の彼ならず(232～282)」「ロマネスク(283～312)」「玩具(313～321)」「陰火(322～345)」「めくら草紙(346～357)」豊島与志雄「解説(359～365)」

晩年（太宰治代表作集）・新潮社・昭和二十三年七月三十日付発行・B6判（129×183）・帯付・三五五頁、本文9ポ1段組・44字×16行・装幀岡村夫二・定価百七拾円

「葉(6～25)」「思ひ出(26～73)」「魚服記(74～85)」「列車(86～91)」「地球図(92～103)」「猿ケ島(104～115)」「雀こ(116～122)」「道化の華(123～187)」「猿面冠者(188～210)」「逆行(211～230)」「彼は昔の彼ならず(231～280)」「ロ

マネスク（281～310）」「玩具（311～319）」「陰火（320～343）」「めくら草紙（344～355）」
太宰治全集　晩年　第一巻・八雲書店・昭和二十三年九月一日付発行・A5判（156×214）・カバア付・三七七頁・本文5号1段組・42字×14行・写真二葉「「晩年」執筆の頃」「生家（青森県金木町）」・定価参百弐拾円
「葉（5～30）」「思ひ出（31～88）」「魚服記（89～103）」「列車（105～113）」「地球図（115～130）」「猿ケ島（131～146）」「雀こ（147～156）」「猿面冠者（157～185）」「逆行（187～212）」「彼は昔の彼ならず（213～273）」「ロマネスク（275～311）」「玩具（313～324）」「陰火（325～355）」「めくら草紙（357～372）」
豊島与志雄「解説（373～377）」
それ以後昭和四十四年八月現在にいたるまでに刊行された「晩年」収載書を、書名（叢書、文庫名等）・発行所・発行年月日・頁数のみ記しておきますと、つぎのようになります。
太宰治作品集第一巻・創元社・昭和二十六年四月三十日付発行・二二五頁
晩年　太宰治全集第一巻（近代文庫18）・創藝社・昭和二十七年三月十五日付発行・二七二頁

晩年（創元文庫Ａ１７２）・創元社・昭和二十八年七月二十日付発行・三三二頁
晩年（角川文庫７０６）・角川書店・昭和二十八年十一月三十日付発行・三三四頁
太宰治全集第一巻・筑摩書房・昭和三十年十月二十日付発行・三九〇頁
太宰治全集第一巻・筑摩書房・昭和三十二年十月二十五日付発行・三九〇頁
日本文学全集54太宰治集・新潮社・昭和三十四年九月十日付発行・五四〇頁
太宰治全集第一巻・筑摩書房・昭和三十四年十二月十五日付発行・二四二頁
日本現代文学全集88太宰治集・講談社・昭和三十六年一月二十日付発行・四六九頁
定本太宰治全集第一巻・筑摩書房・昭和三十七年三月五日付発行・三二七頁
昭和文学全集第13巻太宰治集・角川書店・昭和三十七年五月二十日付発行・四七九頁
現代文学大系54太宰治集・筑摩書房・昭和四十年一月十日付発行・四九二頁
晩年（太宰治第一短篇小説集／愛蔵用初版本復原版）・大和書房・昭和四十一年十月一日付発行・二四一頁
太宰治全集第一巻・筑摩書房・昭和四十二年四月五日付発行・三九〇頁
現代日本文学館36太宰治・文芸春秋・昭和四十二年七月一日付発行・四九三頁
晩年（新潮文庫６Ａ）・新潮社・昭和四十三年四月十日付改版発行・三二一頁

晩年（角川文庫７０６）・角川書店・昭和四十三年七月五日付改版発行・三四八頁
新潮日本文学35太宰治集・新潮社・昭和四十四年三月十二日付発行・六五八頁
日本文学全集Ⅱ—18太宰治集2・河出書房・昭和四十四年五月三十一日付発行・四〇三頁
以上数多の「晩年」所収文の、テキスト・クリティックは、はじめにも記しましたように稿を改めたいと思います。
最後に、この稿を草するに際して、安藤宏、石上玄一郎、伊馬春部、尾崎一雄、小野正文、河上徹太郎、川島幸希、衣巻省三、小館善四郎、小館保、今官一、関井光男、谷沢永一、樽見博、津島美知子、津村昌子、外村晶、飛島定城、中谷孝雄、中畑慶吉、永松定、中村貞次郎、那須辰造、楢崎勤、平岡敏男、水谷昭夫、山岸外史、山崎剛平、山本有三、淀野綾子、米田義一、渡部芳紀の諸氏、および東京朝日新聞社、東奥日報の諸社と池田文庫、大阪府立図書館、東京大学総合図書館、東京大学明治雑誌新聞文庫北根豊氏、東京都立大学附属図書館山田正一氏、日本近代文学館青山毅氏、弘前市立図書館、前橋市立図書館野口武久氏、早稲田大学図書館の諸図書館諸氏の助力をえたことを記し、深甚の謝意を表しておきます。

参考資料『晩年』作品の手引き

これまで太宰治の作品は、作者太宰治という〈人間〉を主体として、人間中心主義的世界観を基盤として理解されてきた。唐木順三氏は、〈近代〉の特徴を〈自我の確立〉と〈対象化の徹底〉という言葉で捉えたが、要するに人間（自己）を主体にしてものを見、人間（自己）以外のものを客体と考えて対象化する、人間（自己）中心主義の世界観ということになろう。この世界観は、たとえば、人間（自己）を中心に世界を見て、天が動くと解釈した、地球中心宇宙説の〈天動説〉と同様の世界観といってよい。その宇宙観、世界観が〈地動説〉によって転換されたように、文学の世界でもコペルニクス的転回が行われる必要があろう。

作者がひとつひとつの言葉を組み合わせていく。その一瞬一瞬に言葉は作者の手を離れて自立し、言葉自体の力で徐々に或る世界が現成されていく。作品を読む者は、ひとつひとつの言葉の組み合わせそのものを通して独自の効果を読みとり、或る世界の現成を感じとっていく。そのように、作者という人間を主体と考えて作品を理解するのではなく、ひとつひとつの言葉自体を主体と考えて作品を理解するのでなければ、作品はついに真の姿を現さないのではないか。読者のひとりひとりが、ひとつひとつの言葉を通して、各人の太宰治の作品を豊かに創っていくことこそ、肝要ではないかと思う。

列車

初出「東奥日報」(昭8・2・19)

◇**梗概**　一九二五年に梅鉢工場で製作された列車は、幾多の胸痛む物語を乗せて、毎日上野から青森へ向けて走った。私もこの列車のため、ひどくからい目に遭った。上京して三年目の冬、高校時代の友人汐田を慕って、汐田の幼馴染テツさんが出奔上京。心冷めた汐田は、言いくるめてテツさんを郷里に返した。同じ貧しい育ちの女を妻としていた私は、頼まれもしないのに、しぶる妻をせきたてて見送りに行ったが、二人は互いに無言で、かえって間が悪くなり、私は一人離れてフオムを歩く。列車からおろおろと会釈している出征兵士の顔を見て、私は左翼運動からの離脱を思い起こし胸苦しくなる。発車間近、動揺した私はテツさんを慰めるのに〈災難〉という無責任な言葉まで用いる。

◇**評価**　奥野健男「解説」(筑摩版定本全集第一巻、昭37・3)は、〈弱き、虐げられた美しき人への無限の愛惜〉であり、〈その美しきやさしき心情がかえって人をも自分をも傷つけるというかなしい物語〉と読み、相馬正一「太宰治とその時代95」(「陸奥新報」昭47・3・28)は〈実生活上の一つの危機を通り過ぎたあとの、どうにもやりきれない太宰夫妻の倦怠感を〉〈心情と実生活とを二重写しにして描いたもの〉と読んだ。

◇**作品論への新しい視点**　この作品は、太宰治の〈作家にならう〉というひそかな願望の出発を象徴し、また、〈一九二五年に梅鉢工場といふ所でこしらへられた〉という列車は、その願望の象徴としての意味をひきずっている。劈頭を受ける一文には〈作家にならう〉という願望が多くの〈愛情を引き裂いた〉ことへの尽きぬ感慨のひびきがこもっているように思われる。ともあれ「列車」は、〈私〉が〈ひどくからい目に遭はされた〉列車のありようそのものを物語ろうとした作品であり、〈つめたい雨の中で黒煙を吐きつゝ発車の時刻を待〉つその列車は、作家太宰治の出発のリズムを息づいている。荒涼たる気配がしのびよっている時代の翳り、暗い青春の傷みといったものを深く内に孕みながら、いまやまさに出発しようとする、作家太宰治の出発の息づきが感じられるように思われるのだ。

魚服記《ぎょふくき》

初出「海豹」（昭8・3）

◇**梗概**　本州の北端、馬禿山の麓に滝が落ちている。十五歳の娘スワは、その滝の傍にある炭焼小屋に、父親と二人で寝起きしている。しんしんと寒い静かな晩、遠く近く山の怪異が聞かれる夜になって、スワが眠っていると、山人《やまふと》の来訪、初雪の舞いこむ夢幻的雰囲気――その中で疼痛を覚え、父親に犯される。烈風の中へ走って出たスワは、まっしぐらに滝に向かい、「おど!」と低くいって淵に身を投じた。気がつくと小さな鮒に変身していたが、やがて滝壺へ向かっていって、たちまちくるくると吸いこまれ、自殺を遂げてしまった。

◇評価　鳥居邦朗「「魚服記」鑑賞」(『現代日本文学講座小説7』三省堂、昭37・2)は〈内に激しい苦悩を秘めながらそれを充分に凝縮昇華させて一編の物語にまで結晶させ得た時に、はじめて太宰文学の真価をもって輝く〉が、その意味で〈「魚服記」一編は太宰文学全体を通じても粲然と輝く珠玉の好編としての位置を保つ〉と評価。東郷克美「逆行と変身―太宰治『晩年』への一視点」(「成城大学短期大学部紀要」四、昭48・1)は〈作家の内的憂悶と津軽の土俗的民話的世界とが渾然一体〉となった〈『晩年』中の傑作〉といい、相馬正一「「魚服記」試論―創作意図をめぐって」(『太宰治の世界』冬樹社、昭52・5)は〈太宰にとっては意義深い作品〉と評価。

◇作品論への新しい視点　水谷昭夫「太宰治と女性」(「解釈と鑑賞」昭52・12)は、太宰治が関わる女性のほとんどがそうであるように、スワは〈犯される〉という〈女〉としての性《さが》の暗さをもって登場しているという注意すべき視点を提示した。〈地上的な汚れ〉（鳥居邦朗「水のモチーフ―『魚服記』を視座として」「國文學」昭54・7）から解き放たれたいという、〈清浄な夢の世界を求める如き、素朴な、ひたすらな心〉（竹腰幸夫「太宰治「魚服記」論」「常葉国文」二、昭52・6）とでもいうものが、「魚服記」一篇を貫いている由縁である。その〈ひたすらな心〉の基底には、色の白い都の学生に対する〈スワの共鳴、同化したい希求〉（佐藤和子「「魚服記」論」「国文目白」十五、昭51・2）が隠されている。学生への思慕を秘めつつ、〈山人の資格をもオウヴァラップさせた〉（大森郁之助「「魚服記」の解釈―人間関係をめぐって」「解釈」昭45・7）父親に犯されるスワ、その女としての性《さが》の暗さは、〈愛〉の問題とからんで、作品に絶望の翳を落としていく。終結部、鮒になったスワが二度目の自殺を遂げる場面は、読む者をも救いのない絶望の淵に陥れるようだ。

思ひ出

初出「海豹」（昭8・4、6、7）

◇**梗概**　故郷の家と土地とに結びついた、幼年および少年時代の淡い追想を素材として綴った自伝小説。一章は幼時から小学校までの時代、二章は中学入学から中学三年までの時代、三章は中学四年の時代、というふうに、四歳の時の天皇の逝去にまつわる黄昏時の追想から、中学最後の冬休みに至るまでの十五年間の生活史を、抒情的な筆致で綴った青春文学であり、太宰治の「ヰタ・セクスアリス」とも読める作品である。

◇**評価**　井伏鱒二は、昭和七年九月十五日付太宰治宛手紙で〈第二章まで出来た原稿〉について〈一本気に書かれてもゐるし表現や手法にも骨法がそなはつてゐるし、しかも客観的なる批判の目をもつて書かれてゐると思ひます。まずもつて、「思ひ出」一篇は、甲上の出来であると信じます〉と賞讃。臼井吉見「太宰治論」(『現代日本文学全集49』筑摩書房、昭29・9)は〈少年期という特殊な一時期が、えたいの知れない感受性の成長そのものとして描き出されている〉と評し、東郷克美「逆行と変身―太宰治『晩年』への一視点」(「成城大学短期大学部紀要」四、昭48・1)は〈死から出発して、非実在のかなた、なつかしい過去の記憶へ遡行して行く〉〈これを書くことで太宰は現実世界に訣別し、以後、超現実的世界にのみ生きる人、すなわち真の作家〉になると評した。

◇**作品論への新しい視点**　「思ひ出」は、死の淵に佇んで書かれた作品であった。「東京八景」

によれば〈遺書〉として綴りながら〈私は、再び死ぬつもりでゐた〉という。だが、なぜ〈遺書〉を綴ったのか。死を間近に控え、反射的におのが生をあらためて考えた時、おそらくは自然に、〈幼年及び少年時代の告白〉を書き綴るという行為によって、おのが生をあらためて実感しようとしたのである。その息吹こそが、「思ひ出」の核心であろう。この〈遺書〉は、「思ひ出」と題されていても、単純に後ろ向きの心像ではあるまい。書き綴る現在において、自己に固有の生の歴史、内的生活史をつくりあげているのだ。作家とは〈精神を死の寸前まで追いつめる絶対的なものにくり返し直面しながら、僅かなりともよりひろく深く自分の生を捉え確かめずにはおれない業《ごう》を負った人種〉(「父の朗読」)だと、日野啓三は洞見したが、太宰治はまさにその〈業を負った人種〉となり〈永遠においでおいでの、あの悪魔《デモン》〉に〈食はれ〉ていくのである。

葉

初出「鸇」一輯(昭9・4)

◇梗概 ヴェルレーヌ「叡智」の一節を引用したエピグラフと、三十六の断章とから成る。

各断章の間には物語としての連絡はなく、一篇の作品として筋の展開を追うことはむずかしい。まず〈死なうと思つてゐた〉と、死の翳を落とした生の原基的な姿が示され、その後、箴言風の言葉、小説の一節、俳句、小品等々が配列されて、最後に〈一杯のお茶をすする〉光景を稀有な珍しさで示し〈どうにか、なる〉と結ばれる。

◇**評価**　尾崎一雄「創作時評」(「世紀」昭9・5)は〈要するに自我の高揚と陥没との交錯である〉と的確に批評。鳥居邦朗「習作のもつ意味―太宰治」(「解釈と鑑賞」昭35・10)は〈「葉」は実生活ならぬ藝術の思い出として「思ひ出」と対をなす〉とし〈文学修業第一歩から文壇に出るまで〉の歩みを追い、石関善治郎「太宰治『葉』私論I」(「国学院大学文学会会報」四十一、昭43・3)は〈「思ひ出」が、彼自身の「魂の原型」の確認であったとすれば、「葉」は、その魂の苦闘する姿と言える〉と評価。

◇**作品論への新しい視点**　「葉」は、習作期のおびただしい作品の中から精髄を抜粋構成することによって、一篇が組み立てられたと推測される。これを〈断章の集合〉とみるか〈統一的な作品〉とみるかで意見が分かれているが、やはり、各断章を統一する藝術的な構成意志によって創作されているとみられ、作品としての自律性をもった一篇と考えるべきだと思われる。小室善弘「道化嚢れの俳諧師」(「俳句」昭53・8)は〈連句の匂付けのような気分感覚でつながっていく映発の効果がある〉といったが、まさしく三十六の各断章は互いに映発しあいながら、歌仙風に一つの世界を浮かび上がらせるのである。その一つの世界を、晦渋な詩的小品として享受するか、一篇の自伝小説として享受するかは読み手の自由であろうが、個々の断章は〈一章句に、精神の深い傷が、あるいは、小説の断片に、その小説を生むに至った苦闘の季節が、暗く、重い背景となって沈み、拡がってある〉（石関善治郎「太宰治初期文学態度の一検討―「葉」私論」「国学院雑誌」昭44・2）というふうに〈精神の自叙年譜〉として構成されていることは確かだ。一言でいえば、いいがたく幽けき魂の世界、太宰治の破滅感覚が、みごとに緊迫したかたちで表現されている作品、と理解される。

猿面冠者《さるめん》

初出「鷭」二輯（昭9・7）

◇梗概　しばしば学校を落第し卒業の意志もなく、故郷からの送金も停止されそうな妻帯者、傲岸不遜の〈文学の糞から生れたやうな男〉が、生活のために小説を書こうとするが、毎夜の胸中の傑作の幻影ははかなく消え失せる。男は十年来書き綴った千枚ほどの原稿を読み、「通信」という短篇を改稿しようと決心する。文豪を志して失敗し第一の通信、革命家を夢見て敗北し第二の通信、サラリーマンになって家庭の安楽を疑い悩んで第三の通信を受け取る、というふうな見通しをつけ、「風の便り」と題して書き始める。だが、第一の通信でゆきづまってしまい、「風の便り」の女性から便りが届く。それを読んだ男は、書きかけの原稿の題を「猿面冠者」としたのであった。

◇**評価**　奥野健男は「太宰治論(1)」(「近代文学」昭30・3)で〈文学青年的な自己をカリカチュアライズした〉作品とし、「解説」(筑摩版定本全集第一巻、昭37・3)で〈自意識に悩まされた作者の方法的摸索の苦心と気取りがうかがえる〉作品と評価した。渡部芳紀「太宰治「猿面冠者」」(「立正大学教養部紀要」八、昭49・12)は、作品の構造の綿密な分析をしたのち、〈自己の主体をはっきりと把え表現することの困難さに苦しみ、かつ、苦しみつつ、なんとかそれをなしとげようと必死になっていた太宰の姿を読み〉とり、〈文学をもって、生きる支えとしようとしていた青年の、真摯な姿を見たい〉と評価した。

◇**作品論への新しい視点**　この作品に特徴的な、錯綜した作品の構造に関する分析は、前記の渡部の論によってなされている。つまり〈三重構造であって、二重構造の作品〉だといわれる、その構造によって方法的摸索をしつつ、おのが作家的宿命を自画像を通して描き、追究してみせたわけであろう。だが、作中の「風の便り」の一節に〈ひとに憩ひを与へ、光明を投げてやるやうな作品を書くのに才能だけではいけないやうです〉とある言葉は、そのまま痛切な「猿面冠者」論となっているといえるのではないか。そのような太宰治の〈明敏な自戒〉（饗庭孝男「解説」『晩年』講談社文庫、昭47・9）と〈才能の挫折感〉（坂上弘「解説」『晩年』旺文社文庫、昭50・12）とが仄見えるところに、「猿面冠者」の位相があるように思われる。

彼は昔の彼ならず

初出「世紀」（昭9・10）

◇**梗概**　父親の遺産で大家をしている僕が、店子の木下青扇との奇妙な交遊を通して、青扇の生活を語った作品。引越してきて以来、青扇は、敷金も屋賃も払おうとしない。僕が幾度か取り立てに訪れると、そのたびに彼は豹変していた。そのうち僕は、青扇のどこやら常人と異なったような態度に魅せられていく。青扇に天才的なものを感じ、心の平静を掻き乱される。あるいは僕の期待を彼が察して、変化するよう努力したり、世間的な規格から離れた態度を示すのかと思ったが、そうではなかった。彼が次々と変えていく、その女の影響であったとわかる。普通の凡夫を、なにかと意味づけて夢に象り眺めて暮らしてきたのだと覚って、僕はそれきり青扇と逢わぬようにしたが、ふと思えば青扇と僕とは一点も違わないのであった。

◇評価　奥野健男「解説」（筑摩版定本全集第一巻、昭37・3）は〈奇妙な交遊を通して合せ鏡で自分の顔をみるように、その悲しいこっけいさを映し出している〉とみ、饗庭孝男「解説」（『晩年』講談社文庫、昭47・9）は〈青扇を自己の鏡のようにして、ユーモラスな語り口のなかに自己戯画を表現している〉とみ、さらに、坂上弘「解説」（『晩年』旺文社文庫、昭50・12）は〈太宰の自己弁護というよりは、藝術家宣言がよみとれる〉と評価した。

◇作品論への新しい視点　太宰治の作品中、語りの文体をとった最も古いものとして注意される。義太夫語りのくどきを彷彿させるようなその語り口によって〈太宰独自の世界へ、読者である「君」もじかに巻き込まれて〉（相原和邦「晩年」「國文學」昭49・2）いく、そのような特徴的な構造をおさえてかかる必要があろう。冒頭に〈君にこの生活を教へよう〉と記されているように、ある一つの〈生活〉を、作中人物の僕が物語るという形式の作品である。いつも出鱈目の嘘を吐き、瞬間瞬間の真実だけをいい、善悪の規準が目茶目茶で、小説を書くといいつつただのらくらと一日一日を送っている。これが語られる青扇の〈生活〉だが、映発を感じていた僕はふと自分と一点も異ならないことに気づく。両者はともに、作者自身の反映であったのだろう。そのような〈自己戯画〉のうちに、作者太宰治の苦渋と悲哀とが読みとれるような作品、といえようか。

ロマネスク

初出「青い花」創刊号（昭9・12）

◇**梗概**　「仙術太郎」――津軽の国の庄屋の子太郎は、生来ものぐさであった。長じて蔵で仙術の本を読みふけって変身の術を体得。隣の娘に恋した太郎は、よい男になるよう念じたが、本が古すぎたため天平時代の仏像の顔になり、飄然と旅に出る。「喧嘩次郎兵衛」――東海道三島の宿の酒造業の次男の次郎兵衛は、酒を飲んで人々に嫌われていた。ある夏恥をかいたことから、喧嘩の上手になろうと決心、修業して大物になる。ところが、恐れられて喧嘩の機会に恵まれない。じゃれて喧嘩の法を新妻にやってみせたところ、ことりと死に、重い罪に問われる。「嘘の三郎」――江戸深川の男寡の学者に、三郎という一子がいた。父の極端な吝嗇から嘘の花が芽生え、犬を殺し人を殺してから、いよいよ嘘の花を開かせ、酒落本を出版した頃から、その嘘は神に通じ、すべて真実の光を放った。やがて、居酒屋で仙術太郎・喧嘩次郎兵衛と知って、その半生を聞き、私たちは藝術家だという大嘘を吐いて、嘘の火焔は極点に達する。

◇**評価**　尾崎一雄「同人雑誌評」(「早稲田文学」昭10・1)は〈先づ、読んで面白い。その上立派な骨格を具へてゐる。作者の藝術的気稟も高く、何気ない口振りの裏に激しい思考の渦巻が感じられる〉〈要するに慢心の藝術であらう〉と評し、浅見淵「同人雑誌評」(同、昭10・2)は〈かういふ荒唐無稽の小説も尠しはあってもいゝと思ふ。行文流麗、文品も高く、甚だ楽しめる〉と評した。最近では塚越和夫「「ロマネスク」論」(「解釈と鑑賞」昭52・12)が〈題材の奇異な点、構成のしっかりしている点、そこに太宰自身の心象風景が重ね合わせてある点などで、虚無的でなげやりな印象は受けるものの、本格的な近代の短編小説の骨格をそなえた佳品〉といい、ほぼ評価は定着。

◇**作品論への新しい視点**　東郷克美「逆行と変身―太宰治『晩年』への一視点」(「成城大

学短期大学部紀要」四、昭48・1）は〈この作品の荒唐無稽なおかしさとその裏にある憂愁は、作者の「すさんだ」虚無の心の所産であった〉と指摘した。すぐれた見解であろう。その〈すさんだ〉虚無の心が、「ロマネスク」を書き綴ったところに、この作の意義があると思われる。虚無の淵に佇みながら、なおも人間への関心を示し、あの蹉跌の悲しみに、癒しがたい憂愁をもって表現を与えた作品、といえようか。終結部の嘘の三郎の〈藝術家〉概念には、太宰治の危機的な藝術観を読みとることもできるようだ。太宰治の作品世界を解くうえで、多くの考察すべき問題を孕む作品、といってよかろう。

逆行

初出「文藝」（昭10・2）に「逆行」と題して「蝶蝶」「決闘」「くろんぼ」、「帝国大学新聞」（昭10・10・7）に「盗賊」

◇**梗概**　「蝶蝶」――二十五歳を越しただけだが、普通の人の一年一年を三倍三倍にして暮らし、老人になった男の話。男が心を動かすのは、酒と女との思い出だけ。女遊びから受けた病気で臨終に近い床でも、数千万の蝶が群れ飛んでいると嘘を吐くなど、終始常識的な価値観に反撥するが、妻は老人を想い声を忍ばせて泣く。「盗賊」——今年落第と決定したが、甲斐ない努力の美しさに心惹かれて試験を受ける帝大生の話。秀才らしく最前列に坐り、問題に関係のない随想を書いて提出し、憂愁を覚える。この憂愁は空腹のためだと、食堂に行き、長蛇の列を見て「われは盗賊。稀代のすね者」と藝術家宣言をして精神を昂揚させるが、創業記念の奉仕日と知り、ともに祝おうと列の中に姿を消す。「決闘」——憂愁に苛められ、五円のカフェ遊びを生き甲斐にしている、北方城下町の高校生の話。ある夜、颯爽と小さなカフェを訪れ、予言者を装って歓待を受ける。だが隣の若い農民のウイスキイを盗んで飲み、決闘となる。農民が懐から銀笛を取り出し女給に預けるのを見て、殺したいと思ったが、逆に殴り倒され泥中に俯せる。「くろんぼ」——曲藝団が連れてくる黒人についての村人の噂話に反撥する少年の話。夜、テントの最前列でかるわざの曲目を見、初めせせら笑っていた少年が、黒人の刺繍と謡とに心をうたれる。翌朝、少年は、黒人はただの女にちがいないと考え、登校後すぐ近くの曲藝団のテントに確かめに行くが、発見できずに引き返した。村人によれば黒人はやはり檻に詰められたまま去ったという。

◇評価　矢崎弾「文藝時評5—時の敗者を描く諸作」(「都新聞」昭10・2・1)は〈澄き

つた孤独に心の葮を戦かせてゐる〉が〈痴愚への衒ひに滑る危機がある〉と指摘し、坂口安吾「悲願に就て」(「作品」昭10・3)は〈傷を労はるためにでつちあげた〉ような〈逃避的な美しさ〉を指摘した。

◇作品論への新しい視点　荻久保泰幸「「逆行」鑑賞」(「大阪文学」復刊十二、昭44・4)と渡部芳紀「「逆行」論」(「中央大学紀要」三十九、昭52・3)との、二つのすぐれた作品論を基礎としたい。おのおのに独自で精緻な分析と解釈とを展開している。この二論以外に視点を求めるとすれば、〈晩年〉の意識ということになろうか。周知のように、短篇集『晩年』の書名が問題にされる時、必ず引き合いに出されるのが、「逆行」冒頭の一節である。そこには、太宰治の晩年の意識が、鮮やかに記されているからだ。臨終の床にある老人は、死を迎えるにふさわしく成熟し、死に最も近いところで生きている。生命は過去によって支配され、死から生を眺めている。この意識こそ、あるいは「逆行」という題名の由来かもしれない。

道化《どうけ》の華《はな》

初出「日本浪曼派」（昭10・5）

◇**梗概** 無名の洋画家大庭葉蔵は、袂ヶ浦で投身心中をはかった。銀座のバアに勤めていた園という相手の女は死んだが、葉蔵は漁船に助けられて、療養院に運ばれ、若い看護婦真野に付き添われた。中学時代からの友人飛騨と親戚の年下の友小菅とが駈けつけ、明るい話にうち興じ、翌日には、自殺の原因を論じあったりトランプをしたりと、陽気に時を過ごした。郷里から兄が来て、兄と飛騨とは警察に行き、兄は園の内縁の夫にも会って事後処理をしたと聞く。四日目、友人たちとさわいで婦長に叱られ、海岸を散歩し、飛びこんだ岩やその時の女の言葉などを友に教えた。最後の夜、真野は浮かれて、種々の話をする。翌朝真野と裏山に登ったが、富士は見えず、深い朝霧の奥底に海が見えるのだった。

◇**評価** 青柳優「同人雑誌作品評」（「早稲田文学」昭10・6）は〈抜け目のない細い神経を使ひ、ドキンとするやうな鋭い切実な面を瞥見させ、今日の青年のニヒルの面貌を深い陰影を持たせて描い〉た〈今月の傑作だ〉と評価。荒木巍「最近の同人雑誌の中から」（「文学評論」昭10・7）は、〈怠屈《ママ》〉な作品で、それは〈心中の片割であるいい気な主人公及び、彼をめぐつての生活全体をもだらしがない程作者が甘やかし過ぎて居るところに〉原因があろうと非難。臼井吉見「太宰治論」（「展望」昭23・8）は〈このやうな混乱形式によらなければおのれの全存在を表現できないやうな強烈な個性的作家が出現した〉ことを強調した。

◇作品論への新しい視点　この作品には、まだ論ずべき多くの問題が残されている。太宰治の回想が正しければ、武者小路実光訳『ドストエフスキー』（日向堂、昭5・10）を読んで〈考へさせられ〉、現在の「道化の華」が成ったのだが、その書から得たものは何か。伴悦「道化の華論」（「無頼派の文学」四、昭49・10）は〈"étatlarvaire"（幼虫の状態）の心理をもつ未成熟な人間の形象化ではなかったか〉というが、吉田凞生「虚構の彷徨」（『作品論太宰治』双文社出版、昭49・6）は〈在来のリアリズム小説の概念を覆すような考えが太宰の実作に定着するには、実際の作品が必要なはずだ〉といった。その影響関係も詳らかにしなければなるまい。「道化の華」の特異な構成については鳥居邦朗「虚構の彷徨」（「國文學」昭49・2）が、主題については渡部芳紀「『晩年』試論―『道化の華』を中心に」（『太宰治1』教育出版センター、昭52・12）が、おのおのすぐれた成果を示しているが、これらを基盤として、この作の藝術的な完成度も問題にされねばなるまい。さらには

『晩年』の中から一篇、この作が抽出されて、『虚構の彷徨』の世界が創られた意味も考察される必要がある。

雀こ

初出「作品」（昭10・7）

◇**梗概**　春になり、童児《わらわ》たちが、広い野原で二組に分かれ、古い芝生に火をつけ遊んでいた。一方が「雀、雀、雀こ欲うし」と歌うと、いま一方が「どの雀欲うし」と歌う。タキがいいと、タキをもらうことに決まった。タキはいつも一番先に欲しがられ、マロサマはいつも終わりに残された。タキはよろづよやの一人娘。雪の日でも、林檎よりも赤い頰ぺたを吹きさらしにして、どこへでも行けた。マロサマは寺の息子で、体つきが細く、皆から仲間外れになった。マロサマは歌っていた。「雀、雀、雀こ欲うし」。これで二度も売れ残っていた。「どの雀欲うし」「なかの雀こ欲うし」。タキは、マロサマを睨んだ。童児たちは歌った。「羽がねえ。杉の木火事で行かれない。川が大水で行かれない」。タキが独りで歌った。「橋が流れて行かれない」。ついにマロサマは言葉に窮し、泣き泣き念仏を唱えて、皆は笑った。タキは、あわれ、ばかくさいと、雪だまをぶつけ、驚いたマロサマは、泣くのをやめて逃げていった。そろそろ晩になり、童児は各自の家に帰り、婆様の炬燵に潜りこんで昔噺を聞くのだった。

◇**評価**　奥野健男「解説」（筑摩版定本全集第一巻、昭37・3）は〈北国の自然や昔噺の中に、仲間外れにされた少年のかなしみと、かけちがった愛が歌われ〉た〈美しい詩〉と評価。饗庭孝男「解説」（『晩年』講談社文庫、昭47・9）は〈遠い幼時への太宰の愛とやさしさにみちた失楽園的なあこがれ〉を読みとり、東郷克美「逆行と変身―太宰治『晩年』への一視点」（「成城大学短期大学部紀要」四、昭48・1）は、〈津軽の土俗的雰囲気への郷愁が生み出した故郷喪失の挽歌〉とし、〈仲間から疎外された少年の孤独と愛が方言の詩に結晶しているこの作品に、太宰の文学的感受性の源泉のひとつ〉をみた。

◇**作品論への新しい視点**　東郷克美に「雀こ」を視座とした精細な論「フォークロアの変奏」（「國文學」昭54・7）がある。この論を基盤としつつ、なお「雀こ」論の別の視角を求めるとすれば、マロサマとタキとの〈愛〉のドラマ、ということになろうか。それは、太宰治が繰り返し描き続けた、人間実存の悲劇を示している。孤立の悲しみに堪えながら、ひたすら〈タキこと欲しがる〉マロサマ。拒まれ笑われ、深々と傷つく魂。悲しみを堪え〈愛の表現の困難〉に苦しみながら、なおも訴えるマロサマ。だが〈人魂みんた眼《まなく》こおかなく燃やし〉拒否するタキ。女性特有の残忍さ。魂を侮蔑して顧みない無神経さ。ついには、タキのぶつけた雪だまが右肩で砕け、マロサマのひたすらな思いも砕け散る。この食い違い。埋めがたい深淵の物語でもあろう。

玩具《がんぐ》

初出「作品」（昭10・7）

◇**梗概**　どうにかなる、と日々暮らしている私だが、どうにもならなくなることがある。そんな時、私は、ふらりと東京から二百里離れた生家に帰ったが、父の悪罵にも母の哀訴にも、微笑で応ずるだけである。私はこの小説で、〈姿勢の完璧〉から離れるようにみせながら、用心してまた返り、〈姿勢の完璧〉と〈情念の模範〉とを二つながら備えた、ある男の三歳、二歳、一歳の思い出を書くつもりでいた。だが書きたくない。私の赤児の時の思い出を書こう。生まれてはじめて地べたに立ち尻餅をついた思い出。二歳の時、一度狂った思い出。だるまと言葉を交わした思い出。深夜の家の様子、馬の思い出。祖母は死ぬ時、抱いていた私を畳の上に投げ飛ばした。私は、祖母とならんで寝ながら、祖母の死顔の皺の動きを見つめた。祖母の子守歌の言葉が今も私の耳朶をくすぐる。（未完）

◇**評価**　奥野健男「太宰治論(1)」（「近代文学」昭30・3）は〈「姿勢の完璧」と「情念の模範」の矛盾、つまり表現と内的真実、藝術と倫理の矛盾の苦しみをそのまま投げ出した〉作品とみ、饗庭孝男「解説」（『晩年』講談社文庫、昭47・9）は〈大人の記憶や視野からでは決してとらえられない思い出が描かれているのは、彼の凡庸ではない感性のひらめきを感じさせるに十分〉と評価。東郷克美「逆行と変身―太宰治『晩年』への一視点」（「成城大学短期大学部紀要」四、昭48・1）は〈逆行のモチーフによって〉〈一種の原体験・原風景とでもいうべきもの〉の書かれた作品とみ、「フォークロアの変奏―「雀こ」を視座として」（「國文學」昭54・7）では、〈そこに「祖母の子守唄」や「昔噺《むがしこ》」の色調に彩られた幼少年期の世界が展開されている点〉で、「玩具」と「雀こ」とは〈同一モチーフによる一対の連作とみるべきであろう〉と指摘した。

◇**作品論への新しい視点**　『晩年』収載の折に（未完）と付記された。作者自身も自律的な完結性を認めがたかったためであろう。作品論展開に際しては、まずその点を確認し、なお、（未完）とされたところにこそ、「玩具」の作品としての独自性があることを論究すべきであろう。作中の言葉を借りていえば、〈姿勢の完璧〉よりも〈情念の模範〉を示した作品といえようか。〈麦畑の底の二匹の馬〉や〈針仕事をしていた赤い馬〉などの短章に代表されるすぐれた象徴的表現は、こののちさらに洗練されて、「二十世紀旗手」などに結晶していくのである。

猿ケ島

初出「文学界」（昭10・9）

◇**梗概**　はるばると海を越え、やってきた島は、深い霧に包まれ、青草もなく、木は枯れ、荒涼とした岩山の連続であった。峰に朝日がさし始め、奇妙な歌声につられて梢に登ったが、枝が折れて落ち、一匹の猿に出会う。故郷が同じだ、耳が光っていると、その猿は私を仲間にした。気がつくと、どの峰にも猿が群らがっている。不審に思いながら、知り合った日本猿と故郷の話をしていたが、霧が晴れて、驚いた。眼前の青葉の下の砂利道を、瞳の青い人間たちが、流れるように歩いていくのだ。あれはおれたちの見せ物だと、先住の日本猿は、あちこちの人間を指さしつつ説明してくれた。だが、人間の子供の言葉から、見せ物は私たちだとわかる。ほかの猿は知らない、知っているのはおれと君だけだという。逃げる、と私がいうと、彼は、環境もよくめしの心配がいらない、と引きとめた。その誘惑は真実に似ている、と私の心はよろめくが、山育ちの血はそれを拒んだ。まもなく、ロンドンの動物園事務所に、二匹の日本猿の遁走が報ぜられた。

◇評価　鳥丸求女「『文学界』『あらくれ』」（「読売新聞」昭10・9・11）は〈繊麗な文章だけが残つて、何かの諷刺らしいものは一向ピンと来ない〉と評し、奥野健男「太宰治論(1)」（「近代文学」昭30・3）は〈荒涼たる北海の自然描写であり、同時に動物園の猿ケ島の光景でもありそれが文壇への痛烈な諷刺と反逆にもなっているという、巧みなアレゴリーの作品〉と評し、饗庭孝男「解説」（『晩年』講談社文庫、昭47・9）は〈侮蔑をうけている「私」のなかに、東京に生き、そうすることで辱められている太宰の精神が見えてこないであろうか。あるいは文壇での彼の位置というものが。最後の「否！」という叫びには望郷の思いとともに彼の文学の志をつらぬく決意が表裏一体となっているように感じられる〉と評した。

◇作品論への新しい視点　まるで夢のような光景が展開する、まさに〈寓意にとんだ短篇〉（饗庭孝男前掲「解説」）といってよい。享受の仕方によってさまざまに変化する作品であるが、渡部芳紀「太宰治「猿ケ島」論」（「高校通信」昭52・1）が作品の象徴性を着実に読み解いて示唆的であるから、参考にしておのが視点を得るようにしたい。一、二の視点を示してみると、島の荒涼は〈津軽の磯の荒涼が生んだリリシズムだ〉ともいわれるが、逆に、太宰治の心の荒涼が生んだもの、ともいえるであろう。彼が真に表現したかったのは、むしろ荒涼の風景を描くおのが心の荒涼と緊迫とではなかったか。その荒涼と緊迫とには〈家郷追放、勘当除籍〉（「虚構の春」）という、彼の遠島流罪のような境涯が影を落としていよう。その他、さまざまな指摘が可能だが、それにしても、二匹の猿の遁走は何を意味するのか。〈一匹でなかつた。二匹である〉をどのように解するかに、作品解釈の成否がかかっていよう。

地球図

初出「新潮」（昭10・12）

◇**梗概**　ロオマンの伝道師シロオテは、六年の苦節の末、宝永五年の夏侍の姿をして屋久島に上陸するが、直ちに変装を見破られて捕えられ、長崎に護送された。長崎奉行は訊問に絶望して江戸に上訴。翌年十一月、シロオテは江戸に召喚され、新井白石が会見訊問した。シロオテは十字を切り切支丹の教法を説こうとするが、白石はなぜか聞こえぬふりをする。二日後、オオランド鏤版の地図を見せると、シロオテはコンパスを使ってロオマンを示し、万国の珍しい話を語り続けた。十日ほどのち、白石が日本に渡ってきた由を問うと、シロオテは降りしきる雪の中で、悦びに堪えぬ顔をして宗門の大意を説き尽くし、物語は尽きるところがなかった。だが白石は脇見をして興味を示さず、仏教の焼き直しだと独断していた。白石は将軍に三策を言上、将軍は獄舎につなぐ中策を採った。だが、切支丹屋敷の奴婢に法を授けた廉で、シロオテは折檻され牢死した。

◇**評価**　河上徹太郎「文藝時評」（「新潮」昭11・1）は〈まともな読者には判らない作品である。何のために書いたのであらう？〉と評し、無署名の「今月の雑誌　新潮」（「三田文学」昭11・1）は〈どう云ふ気で、こんなものを書いたのか判り兼ねる〉と評した。太宰治が「地球図」序に記したような〈言葉通ぜぬ国に在るが如き〉ありさまが現出したのである。

◇**作品論への新しい視点**　渡部芳紀「太宰文学の一方法―「地球図」論」（「学習院女子短期大学国語国文論集」二、昭48・2）は「西洋紀聞」と「地球図」とを比較対照し、太宰治は「西洋紀聞」から一篇のドラマを抽出して〈孤独に死んで行った一人の殉教者〉シロオテの悲劇を描き出している、と論じた。この渡部の論は、奥野健男「解説」（筑摩版定本全集第一巻、昭37・3）や、饗庭孝男「解説」（『晩年』講談社文庫、昭47・9）等の論と対蹠的な理解を端々で示しているが、やはり、着実な考証の中から導き出された渡部の論を、尊重しながら論ずるようにしたい。太宰治自らも〈一篇のかなしき物語にすぎず〉と序に記した、その物語としての尽きぬ悲しさをこそ読むべきであろう。苦節六年、やっと機会を得て、心をうちふるわせながら命の限りに語る物語に、白石はほとんど関心を示さない。この食い違い。理解されぬ魂の悲しみの物語であろう。だがシロオテは〈その信を固くして死ぬるとも志を変へ〉ない。〈その恥ぢるところなき阿修羅のすがたが、百千の読者の心に迫る〉（「めくら草紙」）作品、といえようか。

めくら草紙

初出「新潮」（昭11・1）

◇梗概　私は、隣の娘マツ子に小説の口述を筆記させている。隣の庭の夾竹桃に心惹かれて、譲ってもらったのが縁で、毎日訪れるようになったのだ。私はこの子を命かけて大切にしている。日暮れ家に帰し、夜が来るが、私は眠れない。夜の言葉や概念が、次々と断片的に浮かぶ。そして、始発電車、夜明け。起き上がれない私は、コップ酒を嘗めながら庭を眺めた。真中に扇型の花壇ができていて、多くの球根が植えられ、花の名を書いた白い札がまぶしく林立している。その名を原稿紙に写していると、涙が頬を伝った。この小説を読んで、マツ子はもはや来ないだろう。だが私が泣いたのは、扇型の花壇のためでも、マツ子のためでもない。〈この小説を当然の存在にまで漕ぎつける〉ためだ。さらば、行け！〈この水や、君の器にしたがふだらう〉。

◇評価　川端康成「文藝時評(2)」（「中外商業新報」昭10・12・28）は、時代の〈陰のまた陰の光のうつろひを歌はうと〉するが〈後髪を摑まれてゐる〉と評価。古谷綱武「文藝時評」（「作品」昭11・2）は〈短篇小説本来の型が、ずいぶん崩されながら、しかも崩されてゐない。短篇小説の形式美が生きてゐる。崩れて崩れてゐないのは内容の確かさである〉と賞讃した。

◇作品論への新しい視点　太宰治の小説家的才能が、みずみずしく現れた作品。饗庭孝男「解説」（『晩年』講談社文庫、昭47・9）は〈破滅への志向と、純粋無垢なものにうたれながら、信条において「死ぬるとも、巧言令色であらねばならぬ」という心構えが、美しい花の名前の列挙をともなって痛切に読むものの心にしみこんでくる〉と評したが、適評であろう。〈いわゆる錯乱期の作品で、作品としての完成度は低い〉（塚越和夫編「太宰治主要作品ノート」の〔めくら草紙〕の項、『批評と研究太宰治』芳賀書店、昭47・4）という見解もある。古谷もいうように、確かに〈短篇小説本来の型が、ずいぶん崩されているのだが、しかし、その型の崩れの中にこそ、緊張した破滅感覚が示されているのである。水が、音もなく這い、伸びて流れる。そのような小説を、作中の私は考えるが、これはまさにそのような一面を備えた作品といえよう。奔放に研かれた言葉が、〈全くの死骸〉（「『晩年』に就いて」）に近づきつつある作家太宰治の熾烈な心情を浮かべて、這い伸びて流れ、読者の心に入る。太宰治独特の文体が確立された感のある作品である。

陰火《いんか》

初出「文藝雑誌」（昭11・4）

◇梗概　「誕生」――二十五歳の春、卒業して北国に帰郷。その年は散歩して暮らした。翌年、結婚。冬、父が死んで、地位と名声とが彼に移った。二年目の夏、町の銀行の様子が変になり、工場の小規模の整理が行われた。一年過ぎて母が死んだ。小家族の侘しさから、隣町へ出て遊んだが、疲れ、子供が欲しいと思った。その年の春、妻が女児を出産。ゆりと呼ばれ、百二十日目に大がかりな誕生祝いをした。「紙の鶴」——おれは処女でない妻を娶って、三年間知らずに過ごした。妻の示した不安に疑惑を感じ、妻を責めた。妻はたった一度、と囁き、ついには六度ほどと吐き出して泣いた。翌朝、妻は戯れに両手を合わせておれを拝み「苦しい？」とおれの顔を覗いた。おれはすぐ外出した。年少の洋画家を訪ね、饒舌をふるい、将棋をいどみ、疲れて寝床に入るが、休止は大敵と枕元の鼻紙で折紙細工を始めた。「水車」——女は今日も郊外の男の家を訪ね、執拗に侮辱した。男は腕力を用いようと決し、女も察して身構え、せっぱつまった戦きが二人の愛慾を煽った。身体を取り返した時、二人は微塵も愛し合っていない事実を知らされた。男は後始末をつけるため、女といっしょに家を出た。女の体中から憎悪だけが感ぜられた。逃げよう。いや、口外しないといってやろうか。立ち止まり、互いに顔をそむけ、男はわざと気軽そうにあたりを見廻し、水車を見つめた。女は背を向けてまた歩きだし、男は踏みとどまった。「尼」——秋の夜更け、襖が鳴って、若い尼が出現。家を間違えたといい、自己の影におびえる蟹の話を語った。ふと口を噤んで、憚りに行き、あわてて帰った尼は、寝なければならない、如来様が夜遊びにおいでだという。蒲団を敷くと、みるみる眠って歯ぎしりをし、襖が鳴って、死臭のする白象に跨った如来が現れた。退去直前、如来はくしゃみを発し、白象とともに透明になって消散。尼は、眠ったまま笑い、小さくなり、人形になった。仔細に調べると、人形は先の尼そのままであった。

◇評価　伊藤整「文藝時評」(「文藝」昭11・5)は〈太宰氏などは不具の感じで、小説を如何に投げるかといふことを面白がつてゐた〉と批判。

◇作品論への新しい視点　まず、四つの掌篇から成るこの小説が、一篇の小説として発表された意味を考える必要があろう。たとえば四つの掌篇には、珍しくいずれにも性的結合を暗示する表現がある。だが、いずれも、男女は食い違い、両者の間には無限の距離感があり、その性はなにか暗い罪の影をひきずっている。あたかも作中の尼が語る蟹のように。奥野健男「解説」(筑摩版定本全集第一巻、昭37・3)は、「逆行」と対をなす作品、という示唆的な視点を提示したが、「逆行」に比して、男女の関わりは深く、主人公は苦渋の色を濃くしている。あるいは、男女の地獄を表現しようとしたのかもしれない。総題が「陰火」である意味も、これに関連して検討される必要があろう。

あとがき

本書の「まえがき」の初出は、「樟樹」第十二号（昭和五十八年六月二十日付発行）です。発行所は、香川県立観音寺第一高等学校。初出時標題は「太宰治の文学について」です。昭和五十七年十一月十五日、観音寺第一高等学校の全校生徒を対象に、講演をしました。千五百人位いたでしょうか、広い体育館にぎっしりとつまった教職員生徒を対象に、「九〇分から一〇〇分の間という約束」で、「『晩年』に重点をおいて」話をしました。当時、同校で教頭をしていた、従兄高橋正澄氏から要請されて、講演をすることになったのでした。その時の話の最初の部分を復原したのが、「樟樹」に掲載された「太宰治の文学について」です。その冒頭でもふれていますが、その時の私の話は、在校生のみなさんにとっては、「聞きなれない、奇妙なひびきをもった歌声」に聞こえたことと思います。この書の「まえがき」は、その「太宰治の文学について」の一部分で、末尾に若干の加筆をしています。

拙稿「作品研究の進展を願って」（「国文学解釈と鑑賞」第六十三巻第六号「特集太宰治没後五〇年」平成十年六月一日付発行「私と太宰治研究」欄）に、つぎのような一節があります。

私は、文学の世界とまったく無縁の世界にいた。しかし、大学で文学部日本文学科に入学したため、一般教育科目で「文学」を受講することになった。担当者は犬養孝氏であった。授業時間の九十分の間、万葉集の一首の短歌だけについて、熱弁をふるって歌い踊りながらする講義は、私の心をとらえた。或る日犬養孝氏は、私は学者などになりたくなかった、小説家になりたかったのだ、といわれ、芥川龍之介と太宰治との名を挙げて、敬愛の思いを語られた。ふたりの小説家に興味を抱いた私は、夏休四国の生家に帰省して、母の三姉の長男で文学青年であった従兄から岩波版十巻本の『芥川龍之介全集』と八雲版『太宰治全集』とを借りてきて読んだ。まず芥川龍之介の作品を読んだあと、『太宰治全集』を第一巻から読んでいった。「撰ばれてあることの／恍惚と不安と／二つわれにあり／ヴエルレエヌ」のエピグラフに続いて、「死なうと思つてゐた。」に始まる「葉」の世界は、私には衝撃的であった。人が滅びる時に見る幻のような光景が、ふかい危機の感覚の浸透した言葉によって、美事に表現されていると感じられた。当時の私にとっては、未知の世界であった。

この一節に記している「母の三姉の長男で文学青年であった従兄」が、高橋正澄氏であったわけです。また、同校は私の母校でもありました。講演の前夜、同期で、当時同校のPTA会長をしていた上森博氏の呼びかけで、十数人の知友人が集まって、歓迎会をしてくれました。その日は深夜まで飲み歩き、翌日は、意識が朦朧とした状態であったのですが、何とか無事講演を終えることができました。

本書の中核をなしている「太宰治の『晩年』」の初出は、「太宰治研究」第十号（昭和四十四年九月十九日付発行）です。発行所は審美社、編集兼発行人は韮沢謙氏。初出時標題は「「晩年」の書誌」です。先にも引用した拙稿「作品研究の進展を願って」に、つぎのような一節があります。

昭和四十四（一九六九）年の八月であったか、審美社の韮沢謙氏から電話があった。「太宰治研究」第十号の原稿が大幅に不足している、至急に十日ほどで何か書いて欲しい、枚数は多いほどいい、といわれる。夏休中でもあったし、こんな機会はそうないだろうと考えて、承知した。下書きをせずに、まさしくぶっつけ本番で原稿用紙に書いていき、読みかえす間もなく、十日余のちに「『晩年』の書誌」二百五十枚を送った。すぐに雑誌が発行されたので、驚いた。いつ出るのだろう、などと思わなくていいから、こういうのもいいなあと思った。だが、あとで読みかえすと、文章表現などに色々問題があった。やはり、ある程度の時間のゆとりは必要だと思いかえし反省したが、その反省はそののちも生かされずにいる。

「太宰治研究」第十号が出来上がって、送られてきたとき、雑誌に挟まれていた韮沢謙氏の添え状が、このたび目に留まりました。その一節につぎのような文言があります。

69、71頁の追加書き込みは挿入できませんでしたが、単行本にする折には入れさして頂きますゆえ、お赦し下さい。

日付は「9月10日」。雑誌奥付に記された「9月19日」より、早く出来上がったようです。韮沢謙氏は、その後突然、明石の拙宅に訪ねて来られました。九月中旬であったと記憶します。そのとき「単行本にする」話もされたよう記憶します。「単行本にする」話は、その後韮沢謙氏以外からもありましたが、そのままに過ぎていました。

「「晩年」の書誌」発表のときも、「追加書き込み」があったけれど、「挿入」できず、その後も入手した資料があって、できればそれらの記録を残しておきたい、と考えていました。このたび、川島幸希氏の慫慂によって、その考えが実現できることになって、感謝しています。

「参考資料『晩年』作品の手引き」の初出は、「別冊國文學」第七号（昭和五十五年九月十日付発行）の三好行雄氏編「太宰治必携」です。初出時標題は「太宰治作品論事典」。発行所は學燈社です。私が担当したのは、「習作期」と「前期」とでした。本書には、そのうちの『晩年』収載作品の部分のみを掲載し、加筆はしませんでした。加筆しようか、と思ったりもしましたが、やはり止めておくことにした点があります。それは、「雀こ」のタキの言葉に関してです。金木太宰会発行の「馬禿」第十六集（平成二十六年五月付発行）所掲の拙稿「「馬禿」断想」に、つぎのような言説があります。

タキが荒々しく「マロサマの愛《め》ごこや。わのこころこ知らずて、お念仏。あはれ、ばかくさいじやよ。」と叫ぶ。津軽弁に無知な私には、この言葉の明確な理解が困難であった。木下巽氏によれば、「愛《め》ごこ」は、津軽弁では「可愛い子」という意味と逆に「厄介者、困った代物、あぶれ物」などの卑称語として用いられることもある、という。

「愛」と「憎」との間をはげしく揺れるタキの「想い」は、「人魂みんた眼おかなく燃やし」た「眼」に現われ、「きずきずと叫びあげた」「声」にも現われ、「雪だまにぎて、マロサマさぶつけた」「動作」にも現われている。
「雀こ」は、このタキの「想い」もふくめ、「人間実存の悲劇」を示した、「食い違い」の物語には相違なかろう、と考え、加筆を差し控えたのでした。

平成二十七年十一月七日八日には、秀明大学で『晩年』に重点をおいた「太宰治展」が開催されて、八日には、安藤宏氏の講演も予定されている、と聞き及んでいます。本書は、その「太宰治展」に間に合うようにと、急ぎ作成されました。そのため、図版の選定も川島幸希氏の手を煩わせ、氏の所蔵されている文献類を掲げていただくことにしました。このような記念すべき時に、本書が上梓されることは、幸いだと思っています。

この書を作成するに際しては、多くの方々の援助を受けました。特に多大の援助を受けた秀明大学学長川島幸希氏、有限会社ダイキ代表取締役伊藤裕之氏、秀明出版会山本恭平氏及び吾が妻斐砂子に、深く感謝の意を表したいと思います。

平成二十七年九月十八日

（山内　祥史）

著者による太宰治関係書

〔著書〕

太宰治　近代文学資料4　桜楓社　昭和45年6月
太宰治　人物書誌大系7　日外アソシエーツ　昭和58年7月
太宰治　文学と死　洋々社　昭和60年7月
太宰治著述総覧　東京堂出版　平成9年9月
太宰治の年譜　大修館書店　平成24年12月

〔編書〕

初出版太宰治全集　全12巻別巻1　筑摩書房　平成元年6月～4年4月
太宰治論集同時代篇　全10巻別巻1　ゆまに書房　平成4年10月～5年2月
太宰治論集作家論篇　全9巻別巻1　ゆまに書房　平成6年3月～7月
太宰治研究　全23輯　和泉書院　平成6年6月～27年6月
太宰治に出会った日　ゆまに書房　平成10年6月
太宰治『走れメロス』作品論集⑧　クレス出版　平成13年2月

〔共編書〕

二十世紀旗手・太宰治―その恍惚と不安と　和泉書院　平成17年5月
(笠井秋生、木村一信、浅野洋の諸氏との共編)

太宰治の『晩年』—成立と出版

平成27年11月10日　　初版第１刷印刷
平成27年11月15日　　初版第１刷発行

著　者　山内　祥史
発行人　小野寺義詔
発行所　秀明出版会
発売元　株式会社SHI
〒101-0062
東京都千代田区神田駿河台2-2
電　話　03-5259-2120
ＦＡＸ　03-5259-2122
http://shuppankai.s-h-i.jp
印刷・製本　有限会社ダイキ

ISBN978-4-915855-33-7